우주에서 온 소녀의

21세기

암
행
어
사

4

우주에서 온 **21세기 암행어사 ❹**

발행일   2023년 1월 20일

지은이   김으겸
펴낸이   손형국
펴낸곳   (주)북랩
편집인   선일영   편집   정두철, 배진용, 김현아, 윤용민, 김가람, 김부경
디자인   이현수, 김민하, 김영주, 안유경   제작   박기성, 황동현, 구성우, 권태련
마케팅   김회란, 박진관
출판등록 2004. 12. 1(제2012-000051호)
주소   서울특별시 금천구 가산디지털 1로 168, 우림라이온스밸리 B동 B113~114호, C동 B101호
홈페이지 www.book.co.kr
전화번호 (02)2026-5777   팩스   (02)3159-9637

ISBN   979-11-6836-673-2 04810 (종이책)   979-11-6836-659-6 04810 (세트)
          979-11-6836-674-9 05810 (전자책)

(주)북랩 성공출판의 파트너

북랩 홈페이지와 패밀리 사이트에서 다양한 출판 솔루션을 만나 보세요!

홈페이지 book.co.kr • **블로그** blog.naver.com/essaybook • **출판문의** book@book.co.kr

작가 연락처 문의 ▶ ask.book.co.kr

작가 연락처는 개인정보이므로 북랩에서 알려드릴 수 없습니다.

김으겸
판타지
장편 소설

❹
지구로 추방된 소연황후

우주에서 온 소녀의
21세기

암
행
어
사

❹

북랩

목차

"

지구의 무기들도 화약총에서 광선총으로 다시 장애물도
소용없고 원하는 상대를 찾아 전파로 제거하는 총으로
바뀌겠지.

"

제6장

지옥단

사과 향이 그윽한 과수원.

멀리 과수원 끝에 단층 콘크리트 건물이 보였다.

그 콘크리트 건물 앞에는 강희와 강철이 함께 거닐고 있었다.

그 광경을 지켜보고 있는 사람들이 있었다.

하나둘이 아니다.

7명이었다.

"크크크…… 저런 애송이 녀석을 죽이는데 우리까지 나서게 하다니!"

마치 쇠로 된 북이 찢어지는 듯 듣기 거북한 음성이었다.

나이를 짐작하기 어려운 하얀 백발노인.

"캬캬캬……! 애송이지만 완체라는 보물을 입고 있다고 하잖아!"

검은 수염이 허리까지 길게 내려온 노인이 말했다.

"잘됐군! 이 기회에 저 애송이도 죽이고 보물도 차지하고! 크크
크……."

이번엔 허리가 기역 자로 휘어 지팡이를 짚고 서 있는 노인이 말했다.

그러고 보니 모두 노인들이었다.

나이를 짐작하기 어려운 노인들…

말없이 묵묵히 서서 강철과 강희를 바라보는 나머지 노인들은

우측으로부터 덩치가 큰 대머리 노인.

다음은 키가 아주 작은 노인.

마치 해골처럼 비쩍 마른 노인.

그리고 얼굴은 주름투성이나 두 눈동자는 마치 어린아이처럼 맑고 큰 노인.

"100년 전 그놈이 우리들 우주선만 파괴하지 않았어도. 우린 천국 성으로 돌아가 세상을 바꿨을 것이다! 그 한을 저놈에게 푼다!"

덩치가 큰 대머리 노인이 말을 마치고 몸을 날렸다.

강철과 강희가 있는 곳으로.

나머지 6명 노인들도 뒤따라 몸을 날렸다.

"크크크크……."

강철과 강희가 있는 콘크리트 건물 앞마당에 7명의 노인이 날아내렸다.

"누, 누구십니까?"

강철이 놀라서 소리쳤다.

"오빠!"

강희는 무섭다는 듯 강철 뒤로 몸을 숨겼다.

"들어봤느냐? 지옥단이라고?"

하얀 백발노인이 강철을 바라보며 물었다.

"지…… 옥…… 단!"

강철은 화들짝 놀라 자기도 모르게 한 걸음 뒤로 물러났다.

"크크크…… 그래도 기억을 하는 놈이 있긴 있네……!"

키가 작은 노인이 허연 이빨을 드러내며 말했다.

"설마? 100년 전에 실종되신 그 지옥단……?"

강철이 믿기지 않는다는 표정으로 물었다.

"그렇다! 우리가 그 지옥단이다. 크하하…… 꼬마야 지옥에 가거든! 지옥단 할아버지들이 보내서 왔다고 해라! 크하하……."

해골처럼 비쩍 마른 노인이 말하며 크게 웃었다.

"무슨 긴말이 필요하나! 그냥 시작하자고!"

덩치 큰 대머리 노인이 말했다.

"죽여서 그 완체라는 옷을 벗겨갈까? 아니면 순순히 벗어 줄 테냐?"

수염이 긴 노인이 말했다.

"이 아이는 아무것도 모르니깐 다치게 하지 마시고 저하고만 시작하시죠!"

강철이 강희를 뒤에 건물 벽에다 밀쳐놓고 말했다.

"암! 암! 아무것도 모르는 아이에게까지 손을 쓸 만큼 인정머리 없지는 않다! 이 약을 먹고 잠이나 자고 있으면 손끝 하나 다치게 안 하마!"

하얀 백발노인이 손에서 알약 하나를 꺼내 강철에게 던졌다.

강철보고 약을 강희에게 먹이라는 뜻이다.

"무슨 약입니까?"

강철이 손바닥의 약을 바라보며 물었다.

"몽혼약. 먹으면 잠을 자고 지금 본 것을 잊는다! 단지 그뿐이다!"

하얀 백발노인이 말했다.

"믿겠습니다!"

강철은 하얀 백발노인을 보고 고개를 끄떡거리며 말했다.

"서툰 짓은 안 해도 된다! 독약이 아니므로 완체라 해도 그 약효를 사라지게는 못한다!"

하얀 백발노인이 말했다.

"알겠습니다!"

강철은 대답을 하고 강희에게 알약을 내밀었다.

"오빠!"

강희가 두려운 듯 강철을 바라보았다.

"괜찮아! 선배님들이 거짓말이야 하겠니? 먹어라!"

강철이 말했다.

강희는 말없이 입을 벌렸다.

강철이 알약을 강희 입에 넣어주고 강희가 알약을 삼키자 곧바로 강희는 깊은 수면에 빠졌다.

넘어지는 강희를 안아 방 안에다 눕혀 놓고 강철이 노인들 앞에 섰다.

"시작하시죠!"

강철이 자세를 잡고 말했다.

"캬캬캬…… 그놈 참! 죽이기 아까울 정도로 맘에 드는 놈일세! 그러나, 대업이니 어쩌랴!"

하얀 백발노인이 말했다.

"자! 간다!"

7명 노인들이 번개같이 움직였다.

마치 회오리바람이 불듯.

사람 모습은 보이지도 않았다.

강철도 같이 빠르게 움직였다.

간혹 뭔가 부딪히는 소리가 요란하게 들렸다.

탁.

탕.

그리고

크윽.

얼마 지나지 않아 신음이 터졌다.

휘잉.

회오리바람이 멈추고.

피를 토하고 무릎을 꿇은 강철 모습이 드러났다.

"캬캬캬······."

"겨우 이 정도뿐이냐?"

"그래도 조금은 시간이 지체될 줄 알았다!"

"형편없고만!"

노인들이 한마디씩 했다.

"졌습니다! 죽이십시오!"

강철이 무릎을 꿇고 말했다.

"캬캬캬······ 내 솜씨가 어떠냐?"

하얀 백발노인이 손에 뭔가를 들고 말했다.

투명하고 옷 같은 물건들이었다.

"크······ 역시 단주님 솜씨는 녹슬지 않았군요!"

강철이 입에서 피를 토하며 말했다.

"캬캬캬······ 그놈 참! 내가 단주란 것도 알고!"

하얀 백발노인이 호탕하게 웃었다.

"단주님께서 싸우면서도 제 완체를 벗겨 갈 줄은 몰랐습니다! 큭!"

강철이 다시 피를 토했다.

"여보게들! 저 녀석을 묶어서 데리고 가세!"

하얀 백발노인이 말했다.

노인들은 가는 줄을 몸에서 꺼내 강철을 묶었다.

"움직이거나 풀려고 하면 더욱 살을 파고들어 갈 테니 가만히 있는 게 좋을 것이야!"

백발노인은 말을 마치고 몸을 날렸다.

휘잉.

노인들과 강철은 사라져 버렸다.

"킥킥. 겨우 여기까지 도망쳤군!"

과수원에 영미가 나타난 것은 강철이 끌려가고 30여 분이 지난 뒤였다.

"킁킁……! 이 고약한 냄새는 뭐냐! 열심히 지웠지만 아직은 영미님 코를 따라갈 수는 없지. 킥킥……!"

영미가 생글생글 웃으며 방문을 열고 안으로 들어갔다.

"……!"

영미는 누워서 잠을 자는 강희를 보고 뭔가 잘못됐다는 것을 금방 알아차렸다.

"이건 몽혼약. 흠……!"

영미는 강희 손목을 잡고 맥을 짚어보았다.

"헉! 찾으려니까 쉽네!"

영미가 뭔가 발견하고 놀랍다는 표정을 지었다.

"無體, 그 마지막 하나 衣體가 이 여시한테 있다니. 여시 정체가 의심스럽다 했지. 킥킥……."

영미는 뭔가 재미있는 생각이 났다.

"그래! 衣體와 비슷하게 생긴 것이 나한테 하나 있지. 킥킥…… 효능은 다르지만. 내 것은 찾아가고 대신 이걸 입혀주마!"

영미가 두 손을 펼쳐 누워있는 강희 몸 위로 마치 기를 불어 넣어주듯 자세를 취했다.

누워있는 강희 몸에서 투명한 물체가 솟아나서 영미 몸속으로 사라졌다.

"내 보물 無體. 이제 모두 찾았다! 킥킥…… 너에겐 이걸 입혀주마!"

영미가 중얼거리며 품속에서 뭔가를 꺼내 강희 위에 뿌리듯 손으로 휘휘 저었다.

하얀 가루가 뿌려지며 마치 강희 몸속으로 스며들듯 사라졌다.

"킥킥…… 이건 말이지! 내가 만든 걸작인데. 그래도 네 몸을 조금은 보호해 줄 거야! 잘 자."

영미가 생글생글 웃으며 자리에서 일어나 방문을 열고 밖으로 나왔다.

"고약한 냄새가 아주 이어졌군!"

영미는 코를 벌름벌름하며 노인들이 사라진 방향으로 몸을 날렸다.

"킁킁. 이 냄새는! 그래! 무문의 그 늙은이들 냄새하고 같아! 설마 그들은 아닐 테고! 그렇다면! 힉! 100여 년 전에 실종된 지옥단!"

영미가 날아가던 몸을 갑자기 멈추며 바닥으로 내려섰다.

"전임 어사께서 말씀하셨다! 만약 지옥단 선배님들을 만나면 무조건 도망치라고! 그들을 상대할 수 있는 사람은 천국성 역사상 하나도 없다고! 킥킥…… 이 영미를 뭘로 보고! 無體도 다 찾았고. 한번 부딪혀 봐야지. 강철 오빠를 죽게 놔둘 수는 없지!"

영미는 다시 몸을 날려 노인들을 쫓아가기 시작했다.

어둠이 서서히 시작되고 있었다.

철썩.

철썩.

파도 소리가 들리는 바닷가.

"킥킥…… 바다로 날아갔네! 멀리도 왔어!"

영미가 바다를 향해 날아가기 시작했다.

"어디 무인도라도 있는 모양이지!"

영미는 계속 빠르게 몸을 날렸다.

제주도.

서쪽 소나무 숲.

노인들 7명은 강철을 안고 이곳으로 날아왔다.

벌써 한밤중이었다.

가로등은 물론이고 불빛 하나 없는 인적이 없는 소나무 숲.

하늘엔 초승달만 희미한 빛을 뿌리고 있었다.

노인들은 소나무 숲에 있는 동굴 속으로 사라졌다.

"킥…… 쥐구멍으로 들어가면 영미님 손아귀에서 벗어날 수 있다고 생각했나!"

언제 뒤따라왔는지 동굴 위쪽 소나무에서 영미가 웃고 있었다.

"보아하니 강철 오빠를 바로 죽일 생각은 아닌 것 같아! 완체도 뺏고, 이젠 뭘 뺏으려고?"

영미가 알 수 없다는 표정을 지었다.

"들어가 봐야지!"

영미가 소나무에서 내려와 작은 동굴 속으로 들어갔다.

동굴은 작은 통로같이 10여 미터 이어지다가 아래쪽으로 뚝 떨어져.

20여 미터 깊이로 아래로 통해 있었다.

물이 고여 있고

물가로 좁은 길이 만들어져 있었다.

멀리 불빛이 보였다.

물가로 이어진 끝부분이었다.

거리는 100여 미터.

영미는 어둠 속으로 몸을 숨기며 천천히 다가갔다.

"흠!"

영미는 큰 바위 뒤에 몸을 숨기고 앞을 바라다보았다.

"호호호……!"

간드러진 여자 웃음소리가 들렸다.

7명 노인들은 그 웃음소리가 들리는 곳을 향해 공손한 자세로 서 있었다.

강철은 노인들 옆에 엎드려 있었디.

"역시 지옥단이다! 수고했어요!"

여자 음성이 들리며 작은 동굴 같은 공간에서 사람이 나타났다.

머리에서부터 발끝까지 길게 늘어진 백발.

나이를 짐작하기 힘든 노파였다

"네 이름이 무엇인고?"

노파가 강철 앞에 쪼그리고 앉아 자상한 말투로 물었다.

"이강철입니다!"

강철이 대답했다.

"아버지는 누군고?"

노파가 다시 물었다.

"이자 문자 환자를 쓰십니다!"

강철이 대답했다.

"흠! 그럼 너의 할아버지와 할머니는?"

노파는 다시 물었다.

"할아버지는 이자 덕자 진자를 쓰시고 할머니는 정자 주자 아자를 쓰십니다!"

강철이 대답했다.

"캬캬캬캬…… 그랬어! 그래! 정주아 그년이 네 할머니란 말이지? 캬캬캬……."

노파는 한 서린 웃음을 터뜨리며 무섭게 강철을 노려봤다.

"혹시! 소연황후님이십니까?"

강철이 물었다.

"황후는 개뿔. 정주아 그년이 황후가 되려고 날 이 지구에 미아로 만들었다! 그래도 내가 황후냐?"

노파 눈에는 눈물이 주르륵 흘렀다.

"헉! 소연님이라고!"

숨어있던 영미는 놀라움을 금치 못했다

100여 년 전에 실종된 차기 황후로 내정된 소연님이 바로 저 노파라니.

"그리고 네 할아버지란 이덕진 그놈이 바로 날 해치려고 음모를 꾸민 것이다!"

노파가 강철을 무섭게 노려보며 소리쳤다.

"그럴 리가요?"

강철이 믿기지 않는다는 표정으로 물었다.

"바로 저 지옥단을 보내 날 죽이라고 시킨 놈이 이덕진 그놈이다!"

노파가 7명의 노인들을 가리키며 말했다.

노인들은 노파 말이 맞는다는 듯 고개를 끄떡거렸다.

"어찌 그런 일이!"

강철은 도무지 믿을 수 없었다.

"맞는 말이다! 모두 사실이고! 우린 6명의 비밀단원들과 10여 년을 끈질기게 싸웠다! 우린 소연님을 죽이기 위해 6명의 비밀 단원들은 소연님을 지키기 위해. 결국 우린 6명 중 4명을 죽이고 2명은 도주했다!"

하얀 백발노인이 말했다.

"우린 무문의 집행자였지만, 문주님의 대업을 지시 받고 소연님을 죽이려고 내려왔다! 그러나, 우린 속았다는 것을 뒤늦게 알았다! 바로 너의 할아버지 이덕진 그놈이 보낸 자에게 천국성으로 돌아갈 우주선을 잃어 버렸기 때문이다!"

백발노인이 말했다.

"비밀단 중 도주한 2명 중 1명은 그들을 통솔한 딘깅이었는데 소연님과 천국성으로 돌아갈 수 없다는 것을 알고 둘은 사랑을 했다! 그래서 이동우, 이선국, 이준혁이란 아들 3명을 낳았다!"

백발노인이 계속 이야기를 이어갔다.

앞에서 노파는 고개만 끄떡거렸다.

"그중 이동우는 우리들 손에 죽었다! 이준혁은 팔이 하나 잘리고 도망쳤고! 도망을 치면서 이동우와 처녀한테서 태어난 여자아이를 데리고 갔다! 당시 이동우와 이준혁 거처를 알려준 것은 이선국이었다! 우린 약속대로 이선국은 살려줬다! 몽혼약을 하나 먹이고. 또한 소연님을 납치했다! 이동우 아버지 역시 우리들 손에 죽었다! 6명 비밀단원 중 남은 1명 행방만 아직 모른다! 우린 소연님을 납치해서 소연님이 타고 온 우주선을 뺏으려 했다! 그러나 모든 게 헛고생이란 것을 알고 우린 소연님과 같이 생활을 하면서 후손들이 오기만 기다렸다!"

백발노인이 말했다.

노파도 나머지 노인들도 고개를 끄떡거렸다.

"이제 우리가 널 이곳으로 데려온 이유를 알겠지?"

노파가 강철을 바라보고 말했다.

"그렇다면, 우주선을 달라는?"

강철이 물었다.

"그래! 맞다! 우주선이 있는 곳을 말해라! 몇 명이나 탈 수 있는 우주선을 갖고 왔지?"

노파가 물었다.

"3명만 탈 수 있습니다!"

강철이 말했다.

"뭐? 겨우 3명?"

노파가 실망했다는 표정으로 강철을 바라보고 노인들을 바라보고 반복했다.

3명이면 누가 천국성으로 돌아갈 것이냐고 묻듯.

"캬캬캬…… 우린 이미 늙어 죽을 곳을 마련해놨으니 소연님이나 올라가시오!"

백발노인이 말했다.

다른 노인들도 동의 한다는 듯 고개를 끄떡거렸다.

"우린 70여 년을 같이 살면서 철천지원수 사이가 친구로 변했다! 모든 걸 용서하기로 했다! 저들도 나를 죽이기 위해 온 것은 명령 때문이었으니깐!"

노파 소연님이 말했다.

남편과 아들을 죽인 원수지만 70여 년을 같이 살면서 용서를 한 것이다.

"킥킥…… 묘한 사이네! 강철 오빠의 우주선을 타고 돌아가려고? 흠! 어디 한번 시험을 해볼까!"

영미는 생글생글 웃으며 품에서 하얀 둥근 물체를 꺼냈다.

영미 손바닥에 들린 둥근 물체는 곧 투명해지더니 모습이 완전히 사라졌다.

"킥킥…… 無體 3개를 다 착용한 보람이 있네! 이젠 무형으로 변했다!"

영미가 손바닥을 보며 생글생글 웃었다.

"한번 받아 보시지!"

영미는 손바닥을 펼쳐 노인들을 향해 뿌리는 시늉을 했다.

픽.

탁.

두 노인이 순식간에 쓰러졌다.

"헉! 누구냐!"

노인들은 심각한 사태를 파악하고 놀라 경계 자세를 취하며 소리쳤다.

픽.

픽.

다시 두 명의 노인이 쓰러졌다.

쓰러진 노인들은 고통스러워하며 겨우 몸을 일으켜 앉았다.

퍽. 퍽. 퍽.

연이어 타격음이 들리며 나머지 3명 노인들도 쓰러졌다.

"헉! 누, 누구!"

노파 소연님이 놀라 소리쳤다.

"킥킥킥…… 무슨 100년 전 지옥단이라는 분들이 이렇게 허접 쓰레기람!"

비웃음을 지으며 영미가 터벅터벅 걸어서 노파 앞으로 갔다.

"누구냐!"

노파가 영미를 보고 놀라 소리치듯 물었다.

"자! 보시오!"

영미가 손에 황금색 둥근 패를 꺼내 보여줬다.

"허억! 무. 상. 령. 패!"

노파와 노인들은 화들짝 놀라 소리쳤다.

"소연이 무상령패를 알현합니다!"

노파가 털썩 무릎을 꿇고 엎드려 예를 표했다.

"지옥단 노복들이 무상령패를 알현합니다!"

노인들도 무릎을 꿇고 엎드렸다.

"강철 무상령패를 알현합니다!"

강철도 묶인 채 고개를 숙였다.

"일어나세요! 킥킥…… 그래도 패는 알아보시고 예를 다할 줄 아시니. 죽음은 면해 드릴게요! 킥킥……."

영미가 강철의 묶인 줄을 손으로 툭 끊었다.

"허억! 그건 절대 끊어지지 않는 것인데."

백발노인이 놀랍다는 듯이 소리쳤다.

"들으세요!"

영미가 손에 무상령패를 들고 말했다.

"말씀하십시오! 감찰어사님!"

소연 노파와 7명 지옥단 노인들이 엎드려 예를 다하며 대답했다.

강철도 같이 엎드렸다.

"먼저 소연님과 지옥단장님. 두 분을 모시고 강철님은 천국성에 다녀오세요! 일주일이면 갔다 오니간 3번을 반복하면 되겠네요!"

영미가 말했다.

"명령을 받습니다!"

강철이 대답했다.

"또한! 완체는 태조님 유지를 받들어야 하니까! 강철님에게 돌려 드리세요!"

영미가 밀했다.

"명을 받습니다!"

백발노인이 대답하며 완체를 강철에게 줬다.

"잠깐! 강철 너는 그 완체의 비밀을 아느냐?"

소연이 버럭 소리를 질렀다.

"무슨 비밀을요?"

강철이 모르겠다는 투로 되물었다.

"완체는 생사인의 부인 심효주가 만든 것으로 심효주의 사악한 주술이 걸려있다고 알고 있다."

소연이 말을 하며 영미를 힐끗 봤다.

"아! 그래요?"

강철로서는 처음 듣는 이야기다. 물론 영미도 처음 듣는 이야기다. 해서 무심코 소연의 이야기를 흘려보냈다. 영미는 무상령패를 들고 자신의 할 이야기를 계속하고 있었다. 소연 역시 그 이야기를 더 이상 꺼내지 않았다.

"3번을 왕복하면 한 분이 남는데……."

영미가 노인들을 살펴보며 말끝을 흐렸다.

"흠. 4번을 왕복하세요! 4번째는 데리고 갈 사람을 한 명 보내 드릴 테니. 소연님이 젤 마지막에 가세요! 같이 갈 사람이 있으니까!"

영미가 묘한 미소를 지었다.

"명을 받습니다!"

강철이 대답했다.

"강희는 걱정 마시고 이곳 일을 마무리하시고 거처로 가세요! 또한 4번 왕복하는 동안 절대 싸우지들 마세요!"

영미가 말했다.

"명을 받습니다!"

모두 한꺼번에 대답했다.

"천국성에 도착하면 제가 갈 때까지 모두 몸을 숨기고 계십시오! 무슨 뜻인지 알겠지요?"

영미가 말했다.

"명을 받습니다!"

모두 대답했다.

자신들이 천국성에 돌아오는 것을 환영하지 않는 사람이 있다는 것

을 알기에. 영미 뜻을 알고 바로 대답했다

무상령패의 절대 권력 앞에 이유는 없었다.

"삼군을 조심하시오! 그들의 눈만 피하면 무사할 거예요!"

영미가 무상령패를 품속에 집어넣고 말했다.

"삼군이라니?"

소연 노파가 물었다.

무상령패를 대하느라 존칭을 사용했지만 영미에게 존칭을 할 이유
는 없었다.

"킥킥…… 저만큼 무서운 인간이 3명이나 있어요! 그러니 조심하세
요! 다들 잘 숨어 있어야 해요! 흠……! 복잡한 동네 일반 가정집에 그
냥 일반 사람처럼 그렇게 숨어 있어요!"

영미가 생글생글 웃으며 말했다.

"한 가지만 묻자!"

소연 노파가 말했다.

"킥킥…… 제가 정주아와 같은 무문이니까 그걸 묻는 것이죠?"

영미가 밀했다.

"역시, 맞다!"

소연 노파가 말했다.

"전 농업문 출신입니다! 시험 봐서 당당히. 킥킥……."

영미가 생글생글 웃었다.

누가 보면 무척 버릇없는 아이처럼.

"그럴 수가! 농업문 출신이 무문의?"

소연 노파가 믿을 수 없다는 듯이 다시 물었다.

"50여 년 전부터 모든 사람들이 도전을 할 수 있게 법이 바뀌었어

요! 9번 시험을 통과하고 각 문주들과 태상황. 태상황후. 현임 감찰어
사. 이렇게 공정한 투표로 결정돼요! 세상을 알아야지 킥킥……."

영미가 다시 버릇없이 생글생글 웃었다.

"흠! 타고난 성품에 천골이다!"

백발노인이 영미를 바라보며 탄성을 질렀다.

"흠. 흠!"

다른 노인들도 고개를 끄떡거렸다.

"이름이?"

소연 노파가 영미에게 물었다.

"정영미에요!"

영미가 얼른 대답했다.

"그렇다면! 정경철이 할아버지?"

소연 노파가 다시 물었다.

"킥킥…… 맞아요!"

영미가 생글생글 웃었다.

"오호!"

노인들도 노파도 다 놀라 소리쳤다.

정씨 가문.

"오호! 그랬어! 그 친구의 손녀였어!"

노인들이 다 같이 같은 말을 했다.

정씨 가문은 태조 이정주 보다 50여 년 늦게 시작된 성씨였지만 이
상하게 독자들이 많았다.

무려 5대 독자까지.

영미 아버지 세대에 와서 겨우 2명의 남자가 태어났다.

영미 세대엔 다시 독자가 생겼다.

영미의 백부에게서 겨우 남자 하나가 태어났다.

영미 부모님은 남매를 낳았다. 영미와 영미 오빠. 그러나 오빠는 부모님과 함께 이미 이 세상 사람이 아니었다.

"흠! 애야! 부탁이 하나 있다!"

백발노인이 영미를 보고 말했다.

"말씀하세요!"

영미가 말했다.

"무상령패를 다시 꺼내 들어다오!"

백발노인이 말했다.

다른 노인들도 백발노인 뜻을 알겠다는 표정들이다.

"그러죠!"

영미가 무상령패를 꺼내 들었다.

"무상령패를 알현합니다!"

노인들은 똑같이 외치며 엎드려 부복했다.

노인들은 품속에서 각자 오래된 책을 하나씩 꺼내 들었다.

소연 노파는 품속에서 조그만 상자를 하나 꺼내 들었다.

"무상령패 앞에 노복들이 100여 년간 연구하고 잘 다듬어 놓은 무기 청린을 사용할 수 있는 무술 비급을 바칩니다!"

노인들은 책을 들어 영미 앞으로 내밀었다.

"무상령패 앞에 소연이 100여 년간 노력 끝에 만든 무기 청린을 바칩니다!"

소연은 조그만 상자를 들어 영미에게 내밀었다.

"허! 그것참! 잘 쓸게요! 킥킥!"

영미가 책과 상자를 받아 들고 생글생글 웃었다.

"청린을 한번 오른손 중지에 끼어 보세요!"

소연 노파가 말했다.

영미가 상자를 열고 보니 파란빛이 감도는 가락지가 하나 있었다.

영미는 가락지를 꺼내 오른손 손가락 중지에 끼었다.

츠츠츠츠……

이상한 소리를 내며 파란빛 가락지는 손가락으로 스며들듯 사라졌다.

"크윽!"

갑자기 영미가 고통스러운 비명을 질렀다.

영미의 봄이 온통 불 속에 있는 듯이 뜨겁게 변하기 시작했다.

영미는 고통스러운 듯 온몸에 힘줄이 툭툭 튀어나왔다.

"캬캬캬……"

백발노인이 호탕하게 웃었다.

"자, 시작하지!"

백발노인이 웃음을 그치며 말했다.

영미는 털썩 주저앉아 호흡을 가다듬고 있었다.

무척 고통스러운 모양이다.

노인들은 영미를 포위하듯 빙 둘러앉았다.

"소연 아가씨!"

백발노인이 소연 노파를 처연한 눈빛으로 바라보았다.

"고마워요! 먼저들 가세요!"

소연 노파가 눈에 눈물을 흘리며 말했다.

"소연 아가씨! 용서해 주셔서 감사했습니다!"

노인들이 같은 말을 했다.

"잘들 가세요!"

소연 노파가 눈물을 주르륵 흘렸다.

"자, 시작합시다!"

노인들은 영미를 향해 두 손바닥을 내밀었다.

"몸을 바르게 하고 우리들 체력을 받아들여라! 거부하는 것도 안 된다! 우리들과 너도 같이 죽게 되니깐! 그냥 받아들여라! 그 청린을 사용할 수 있는 무술을 지금부터 전수하겠다! 우리들 체력을 다 받아들여야 그 청린을 사용할 수 있단다! 모르긴 몰라도 네가 착용한 無體에 버금가는 보물이 될 것이다!"

노인들 손에서 파란빛이 뿜어져 나오며 영미 몸속으로 스며들기 시작했다.

소연 노파는 그런 광경을 보다가 작은 동굴 속으로 들어가 버렸다.

강철은 한쪽 옆에서 조용히 지켜보고 있었다.

"영미가 이젠 나 같은 것은 아무리 많이 덤벼도 상대도 안 되겠군!"

강철의 생각이었다.

동굴로 들어갔던 소연 노파가 손에 뭔가를 들고 나왔다.

마치 그냥 굴러다니는 돌멩이 같은 주먹만 한 물건이었다.

"넌 이리 오너라!"

소연 노파가 강철을 불렀다.

"네?"

강철은 소연 노파 곁으로 다가서며 물었다.

"이걸 먹어라! 이건 오래된 거북이 내단이다. 아마 저 늙은이들 체력보단 못해도 늙은이 하나의 체력보단 더 좋을 것이야!"

소연 노파가 돌멩이 같은 물건을 강철에게 줬다.

강철은 받아 들고 이리저리 살펴봤다.

"어르신께서 드십시오!"

강철이 다시 소연 노파에게 물건을 내밀었다.

"왜? 먹으면 죽을까 봐!"

소연 노파가 물었다

"아, 아닙니다! 제가 어릴 때부터 체력증진을 위해 먹은 것들은 모두 양성이었습니다! 이건 음성이라서 맞지 않네요!"

강철이 말했다.

"허! 임자는 항상 따로 있군! 저 녀석을 아마 신선으로 만들 모양이야!"

소연 노파는 물건을 받아 들고 영미에게 다가갔다.

"이것도 이 아이가 임자 같군요! 부탁해요!"

소연 노파가 영미 입을 벌려 물건을 입에다 넣고 손바닥으로 '탁' 쳤다.

물건은 영미 입속으로 쑥 들어가 버렸다.

"흠!"

소연 노파는 영미 머리에 손바닥을 대고 조용히 눈을 감고 서 있었다.

소연 노파 손에서 하얀 김이 모락모락 피어나며 영미 머릿속으로 스며들었다.

그런 상황이 4시간 정도 계속됐다.

영미의 몸은 온통 오색찬란한 빛으로 감싸며 공중에 붕 떠 있었다.

노인들은 모두 뒤로 서서히 쓰러졌다.

소연 노파는 한쪽에 앉아 휴식을 취하고 있었다.

영미 몸이 서서히 하강 하면서 오색찬란한 빛도 사라졌다.

영미가 바닥에 서서 눈을 떴다.

"이제 넌! 천국성 그 누구도 오르지 못했던 최고의 경지에 도달했다! 죽고 싶어도 죽을 수 없는, 누가 죽이려 해도 죽일 수 없는 그런 몸으로 완성됐다! 저 노인들은 널 그렇게 만든 행복함으로 세상을 떠났다! 서러워 말아라!"

소연 노파가 앉은 상태로 눈을 뜨고 말했다.

"어르신들! 부디! 좋은 세상으로 가세요!"

영미가 노인들 앞에 무릎을 꿇고 엎드려 인사를 했다.

영미의 눈에선 눈물이 흘렀다.

"허! 눈물은 없는 아이로 알았더니! 정도 있구나!"

소연 노파가 영미 눈물을 보고 미소를 지었다.

"슬퍼 말아라! 이런 곳이 얼마나 좋은 무덤이냐! 죽을 자리를 찾았으니 가는 건 당연한 것이야!"

소연 노파가 영미 곁으로 걸어와 등을 토닥토닥 두드려 주고 있었다.

영미는 쉽게 일어서지 못하고 눈물만 흘리고 있었다.

"강철 오빠!"

영미가 강철을 불렀다.

7명 노인들을 동굴 한쪽 바닥에 묻어주고 돌로 비석까지 세워준 후, 한동안 무덤 앞에서 무릎을 꿇고 앉아있던 영미가 일어서며 하는 말이다.

"응! 왜?"

강철이 대답과 동시에 물었다

"여기가 제주도라는 섬이더라! 구경거리가 꽤 있을걸. 오빠가 나가서 소연 할머니 옷하고 먹을 것 좀 준비해와! 구경이나 다니자!"

영미가 말을 하면서도 생글생글 웃었다.

"허! 타고난 감찰어사 체질이다! 감정을 억누르고, 눈물을 감추고 웃을 수 있다는 것이 어디 쉬운 일이냐."

소연 노파가 영미가 금방 생글생글 웃는 모습을 보고 감탄했다.

감정에 치우치지 않고 매사에 냉철한 성격. 겉으로 감정을 드러내지 않고 웃음을 보인다는 것이 어찌 보면 잔인하다 하겠지만,

밝은 성격 탓이다.

또한 냉철한 판단력 때문이기도 했다.

그렇다고 어려서 철이 없어서라고 한다면 영미를 몰라서 하는 말이다.

비록 나이는 어리지만, 감찰어사 직을 맡았다는 것은 그만큼 능력이 있고 판단력과 사람 됨됨이를 보고 맡겼다는 것이다.

그런 것을 알기에 소연 노파는 영미를 너무 만족스럽게 보고 있는 것이었다.

"아, 알았다!"

강철이 대답과 동시에 동굴 밖으로 향해 몸을 날렸다.

"킥킥…… 할머니! 드릴 말씀이 있는데요!"

영미가 강철이 나가는 것을 보고 소연 노파에게 말했다.

"무슨 말인고? 철이를 내보내고 하려는 말이?"

소연 노파가 입가에 미소를 지으며 물었다.

"사실 無體란 보물 3개를 제가 다 찾았거든요!"

영미가 말했다.

"그, 그렇다면?"

소연 노파가 놀라서 소리쳤다.

"맞아요! 할머니 손녀딸도 만났어요!"

영미가 말했다.

"그랬구나! 많이 컸지?"

소연 노파가 물었다.

"20살 정도 된 것 같아요! 강철 오빠를 죽이려고 몰려 다녀요! 경진을 착용하고. 無體중 몸으로 스며드는 심체(沁體)를 흡수하려는 것을 제가 찾아왔어요!"

영미가 말을 마치고 미소를 지으며 소연 노파를 바라보았다.

마치 잘못한 것 아니지 않느냐고 묻듯.

"잘했다! 그건 감찰어사 것이니. 주인이 갖는 게 맞지!"

소연 노파가 미소를 지으며 말했다.

"또 있어요! 강철 오빠가 어떤 여시를 하나 데려다가 수련을 시킨다고 데리고 다니는데."

영미가 말했다.

"뭐어? 여시를?"

소연 노파가 화난 표정으로 물었다

마치 영미 편이라도 들어 주려는 듯.

"無體 중 의체(衣體)를 그 여시가 착용하고 있었어요!"

영미가 재미있다는 듯 생글생글 웃었다.

"그 아인 어디서 데려왔는데?"

소연 노파가 물었다.

"이곳 지구에서 기억을 잃고 다니는 여시를 데려왔다고 하더라고요!"

영미가 말을 마치고 다시 생글생글 웃었다.

"그럼 이상하구나!"

소연 노파는 이해를 할 수 없다는 표정이었다.

"제 생각엔 아마 상인문 자객 같아요!"

영미가 말했다.

"상. 인. 문!"

소연 노파가 놀라 소리쳤다.

"결정적인 때를 노리고 있을 거예요! 단 한 방을 노리고."

영미가 말을 마치고 생글생글 웃었다.

"그래! 그렇겠구나! 네 모습을 보니 이미 대책을 세워둔 모양이구나?"

소연 노파가 영미 웃는 모습을 보며 안심이 된다는 표정으로 물었다.

"킥킥…… 재미난 장난을 하려고요! 킥킥……"

영미가 생글생글 웃었다.

"푸하하……"

소연 노파가 갑자기 호탕하게 웃었다.

"나도 한번 구경 좀 시켜주련?"

소연 노파가 영미를 바라보며 다시 웃었다.

"네! 우리 이제 그런 골치 아픈 일 말고 나가서 구경이나 다녀요! 제주도 관광객 유치를 위해서."

영미가 생글생글 웃으며 말했다.

"무슨 유치? 관광객 유치라니?"

소연 노파가 영문을 모르겠다는 듯이 물었다.

"있어요! 신들의 목소리, 신들의 전쟁 뭐 이런 것들. 킥킥……"

영미가 다시 생글생글 웃었다.

"자세히 이야기해 봐라!"

소연 노파가 다시 물었다.

"그러니까요! 지구 사람들에게 우리들 존재를 조금만 보여 준다, 이 것이에요! 그러면 구경꾼들과 취재하러…. 아무튼 사람들이 이곳 섬 으로 몰려들 올 거예요! 우린 이미 저 건너 육지로 간 다음에요! 킥 킥……."

영미가 말했다.

"왜? 그런 일을?"

소연 노파가 이해를 할 수 없다는 표정이다.

"이곳 섬에 사는 사람들 잘 살게 해주려고요! 킥킥…… 그렇다고 무 작정 일을 저지르진 않고요! 제가 어사잖아요? 나쁜 사람들을 혼내준 다, 이거죠! 구경 다니다가 제 눈에 띄면! 킥킥……."

영미가 말했다.

"오! 그것참 재미있겠다! 그럼……! 난 감찰어사 부관 정도 시켜줄 거지?"

소연 노파가 얼굴을 활짝 펴고 물었다.

아마도 영미가 하려는 행동이 맘에 들었던 모양이다.

오랫동안 동굴 속에서 생활을 해서 징난도 치고 싶고.

못된 사람들 혼내 준다는데,

비록 노인이지만 장난기가 발동한 모양이다.

"네! 죽이진 말고 혼내 주는 것은 할머니 몫이에요!"

영미가 소연 노파 심중을 읽기라도 한 듯 말했다.

"햐! 좋다! 나가자!"

소연 노파가 앞장을 서서 동굴을 나가기 시작했다.

"강철 오빠가 옷을 사 와야 하는데요!"

영미가 뒤따르며 말했다.

"나가서 기다리자! 아! 아니! 나가서 기다립시다! 어사님!"

소연 노파가 얼른 존댓말로 바꿨다.

"킥킥…… 혼내줄 때만 부관을 하시고 평소엔 그냥 할머니 하세요!"

영미가 말했다.

"그래도 될까?"

소연 노파가 물었다.

"그럼요! 누가 보면 저보고 못된 소녀라고 욕해요! 할머니한테 존댓말이나 받고 그러면. 킥킥……."

영미가 말했다.

"알았다!"

소연 노파는 신이 났는지 표정이 밝아졌다.

철썩.

철썩.

휘이이잉.

파도 소리와 바람 소리가 들려오는 바닷가.

"저…… 여기가 무슨 동네입니까?"

강철이 지나가는 할머니 한 분을 붙들고 물었다.

"협재리!"

할머니는 대답하기도 싫은 듯 간단하게 동네 이름만 가르쳐 줬다.

"협재리. 몇 십 년을 동굴 속에서 살아서 동네 이름도 몰랐구나!"

소연 노파가 쓴웃음을 지으며 말했다.

소연 노파는 하얀 원피스에 둥근 챙이 넓은 모자를 썼다.

마치 서울서 여행을 온 관광객 같았다.

영미는 반팔 흰 셔츠에 짧은 청바지를 입고 있었다.

강철은 검은 바탕에 하얀 줄무늬 반바지에 노란 티셔츠를 입었다.

강철은 마치 도살장에 끌려가는 강아지처럼 가기 싫은 표정이 역력
했다.

강희 때문이다.

강희가 걱정되어 빨리 돌아가고 싶은데

영미가 구경이나 다니자고 하니.

매몰차게 뿌리치고 혼자 갈 수도 없었다.

소연 노파 때문이기도 하지만

목숨을 구해준 영미를 생각해서 그렇게 할 수는 없었다.

그런 강철이 심정을 모를 리 없는 영미지만 모른 척했다.

"여시는 다 알아서 잘 있을 텐데 걱정도 팔자야. 저 멍청이!"

영미가 강철이 그런 모습을 볼 때마다 그렇게 중얼거렸다.

그러면서도 전혀 모르는 척 딴청을 피웠다.

소연 노파도 영미와 딘찍이 되어 강철을 마치 심부름꾼 부리듯 했다.

"목마른데! 음료수 좀 사 오너라!"

소연 노파가 강철을 심부름시키려고 안달이 났다.

강철이 슈퍼로 뛰어가면 영미하고 둘이 눈을 맞추고 까르르 웃었다.

강철이 음료수를 사 오면 다시 다른 것을 사 오라고 시키고.

영미하고 소연 노파 둘만 재미있게 떠들고 다녔다.

"그러니까 나는 이런 재미난 일을 모르고 우리 정체가 드러날까 봐
굴속에 숨어서만 살았잖아!"

소연 노파가 자신이 살아 온 100여 년이 무척 억울한 표정이었다.

우주에서 온 소녀의 21세기 암행어사 ❹

"할머니께서 너무 고지식해서 그래요! 구경도 다니고 때로는 못된 사람 혼내주기도 하고…. 뭐 간혹 우리들 모습이 지구인들 눈에 띄면 또 어때요! 장소만 옮기면 되는데. 보금자리만 밝혀지지 않으면 문제 없었을 텐데. 킥킥……."

영미가 생글생글 웃었다.

"햐! 공기 좋고! 음… 쩝! 요거 맛있네! 이름이 아이스크림이라고?"

소연 노파가 아이스크림을 먹으며 영미한테 물었다.

"네! 아이스크림이라고 하더라고요! 시원하고 맛있죠? 우리 천국성 에선 이런 것은 안 만들죠!"

영미가 말했다.

"그래! 거긴 항상 기온이 차거나 덥지도 않아서 이런 시원한 과자는 안 팔릴 거야!"

소연 노파가 말은 하는 도중 눈시울이 붉어졌다.

천국성으로 돌아가고 싶은 마음에서다.

"돌아가면 한번 만들어 팔아 봐야지"

소연 노파가 말했다.

"미개한 지구지만 그래도 배울 건 많아요!"

영미가 말했다.

"암! 그래서 어린아이한테서도 배울 게 있다고들 하잖아!"

소연 노파가 말했다.

"여기 사 왔어요!"

강철이 슈퍼에서 돌아와 사 들고 온 물건을 내밀었다.

무척 불만스러운 얼굴이다.

강철 손에는 땅콩이 한 봉지 들려 있었다.

"음! 지구 땅콩 맛도 봐야지! 그렇지?"

소연 노파가 강철 손에 들린 땅콩 봉지를 받아 들고 영미한테 물었다.

"네! 땅콩을 먹을 땐 마른오징어를 구워서 같이 먹어야 한대요. 오징어는 지구 바닷고기인데 맛이 좋아요!"

영미가 소연 노파를 보며 한쪽 눈을 찡긋거리며 말했다.

"그래? 들었냐? 얼른 갔다 와!"

소연 노파가 강철에게 다시 심부름을 시켰다.

강철은 영미를 노려봤다

영미가 혀를 날름 내밀었다.

"칫……!"

강철이 입을 삐쭉 내밀며 다시 슈퍼로 달려갔다.

"푸하하……! 그러니까 지구까지 와서 누가 여시나 데리고 다니래! 그치?"

소연 노파가 영미를 보며 웃었다.

"거기다가 멍청하기도 해요! 벌써 두 번이나 목숨을 구해 줬잖아요!"

영미가 말했다.

"다음엔 그냥 놔둬라! 반쯤 죽거든 그때 구해주자!"

소연 노파가 말했다.

영미와 소연 노파는 h 공원 앞까지 왔다.

"여기 들어가서 구경하고 가자!"

소연 노파가 말했다.

"오빠 오면 표를 사라고 하세요!"

영미가 소연 노파 귀에다 소곤소곤 말했다.

"여기 오징어 구워 왔어요!"

강철이 마른오징어를 내밀었다.

"오! 그래! 이젠 저기 들어갈 테니 가서 표를 사와!"

소연 노파가 h 공원을 손가락으로 가리켰다.

"알았어요!"

강철이 얼른 대답하고 공원 매표소로 달려갔다.

"그놈. 참! 말은 잘 듣네!"

소연 노파가 강철 뒷모습을 바라보며 말했다.

"이젠 그만 골탕 먹일까요?"

영미가 소연 노파 의중을 간파하고 물었다.

소연 노파는 계속 장난으로 심부름을 시켜도 열심히 달려가서 사 들고 오는 강철이 안쓰러워 보였던 것이다.

영미가 아니었으면 이미 벌써 장난을 그만뒀을 것이다.

여시를 데리고 다니고 멍청하게 죽을 고비나 넘기고.

영미 속을 썩이는 것 같아서 영미 편을 들어 준 것이다.

"아니다! 조금만 풀어주고 계속 잡아야 해! 그저 남자는 확실히 잡 아놔야 순해지거든! 조금만 풀어주면 대들어!"

소연 노파가 영미 편을 더 들어주고 싶은 모양이다.

영미는 그런 소연 노파 마음을 알기에 생글생글 웃으며 고개를 끄떡 거렸다.

사과향기 그윽한 과수원.

아직은 익지 않아서 풋풋한 풋사과 하나를 가녀린 손이 뚝 땄다.

사과를 입으로 가져가 아삭아삭 소리를 내며 씹어 먹는다.

무척 배가 고픈 모양이다.

강희.

뭔가 불만이 가득 찬 표정이다.

아삭아삭.

풋사과 하나를 다 먹고 또 하나를 따서 먹는다.

"풋……!"

사과를 다 먹고 살짝 웃었다.

"먹을 것이라고는 사과뿐이라고! 몽땅 휘발유를 뿌려놔서 먹을 게 없는데 나 혼자만 놔두고. 이것들이……!"

강희 입에서 거친 말투가 섞여 나왔다.

"진작 죽여 버렸어야 하는데 뭐가 무서워서 계속 기다리는 것이야!"

강희가 거친 말투로 투덜거렸다.

"조금만 기다려라! 곧 기회가 올 거야!"

언제 나타났는가.

강희 뒤쪽에서 검은색 모자에 검은색 옷. 검은 복면까지 온통 검은색 복장을 한 3명이 나타났다.

강희는 획 뒤로 돌아섰다.

"단주님!"

강희가 3명을 보고 놀라 외치며 무릎을 꿇고 예를 표했다.

"먹을 것을 갖다 주고 싶지만, 강철이 눈치챌까봐 그냥 왔다! 며칠 있으면 올 테니까! 그냥 견뎌라! 모르지, 우석인가 그 녀석이라도 올지."

우측에 남자가 말했다.

"강철은 살았을까요?"

강희가 물었다.

"글쎄다! 7명 노인들이라면. 아마도 지옥단 늙은이들일 텐데…… 우주선을 뺏기 전엔 죽이진 않을 것이야!"

우측 남자가 말했다.

"그놈 관상을 보면 아직 죽을 놈이 아니다! 곧 돌아올 것이다!"

좌측 남자가 말했다.

"비천단주 말대로라면. 강철 그놈을 우리도 죽일 수 없다는 것이 아닌가!"

가운데 남자가 말했다.

"천독단주 걱정 마시게! 관상이 다는 아니야! 우리가 죽이면 죽는 것이지! 크크……."

좌측 남자가 말을 하고 징그럽게 웃었다.

"크크……."

다른 남자들도 허연 이를 드러내고 징그럽게 웃었다.

"백단주님!"

강희가 우측 남자를 불렀다.

"왜 그러느냐?"

우측 남자가 물었다.

"우선 먹을 것이라도 사 와야겠어요. 강철이 언제 올지도 모르는데 숨겨놓고 먹으면 되죠!"

강희가 무척 배고프다는 시능을 했다.

"흠! 돈을 조금 주고 가마!"

백 단주라는 남자는 주머니에서 만 원 권 3장을 꺼내 강희에게 줬다.

"고마워요!"

강희가 꾸뻑 인사를 하며 말했다.

"고맙긴. 잊지 마라! 강철을 반드시 죽여야 한다는 것을. 그는 너의 철천지원수다."

백단주란 남자는 마치 주문을 외듯 한 사방으로 울리는 음성으로 말했다.

"네! 명심하겠습니다!"

강희 눈동자가 순간적으로 멍해지더니 사라졌다.

"그만 우리는 가세!"

비천단주라는 남자가 말했다.

"그래! 가자고!"

세 남자들은 순식간에 자취를 감췄다.

마치 처음부터 그 자리에 없었던 것처럼.

"헉! 저자들은 누구지!"

과수원에서 200여 미터 떨어진 언덕 바위 뒤에 숨어서 모든 것을 지켜보던 외팔이(선녀 아버지)는 3명이 사라지는 광경을 지켜보며 중얼 거렸다.

"마치 그 옛날 그자들을 보는 것 같다! 지옥단 늙은이들을. 아니 그보다 더욱 강한 자들이다! 다섯 배 정도 더 강하다! 얼른 가서 이 사실을 알리고 모두 숨어 있어야 한다! 우리 상대가 아니다!"

외팔이는 생각보다 몸이 더 빨랐다.

생각하면서도 빠르게 몸을 날리고 있었다.

외팔이는 마치 희미한 안개가 지나가듯,

빠르게 날기 시작했다.

초가집.

4명이 있었다.

곱상한 남자.

턱수염 남자.

담이.

청이.

그렇게 4명이 방에 앉아 있었다.

탁.

방문이 열리며 외팔이가 뛰어 들어왔다.

"정아는?"

외팔이가 물었다.

"공주님과 어디 다녀온다고."

곱상한 남자가 말했다.

"젠장! 기다릴 수밖에"

외팔이가 방바닥에 털썩 주저앉았다.

"무슨 일이 있습니까?"

턱수염 남자가 물었다.

"강적이 나타났다! 우리 상대가 아니다!"

외팔이가 말했다.

그때다.

"크크…… 그놈 참! 눈치는 빠른 놈이군!"

밖에서 징그러운 웃음소리와 말소리가 들렸다.

외팔이는 방문을 열었다.

"젠장! 뒤따라오는 걸 몰랐다니."

외팔이가 중얼거렸다

마당엔 조금 전 과수원에서 보았던 그 3명 백단주. 비천단주. 천독단주가 서 있었다.

"오늘 우린 다 죽었구나!"

외팔이는 생각했다.

"어찌 보면 정아와 공주님이 어딜 갔다는 것이 다행이다!"

외팔이는 그렇게 생각하며 밖으로 나왔다.

곱상한 남자와 턱수염 남자도 뒤따라 밖으로 나왔다.

이어 담이와 청이도 나왔다.

"우린 당신들과 원한도 없는데."

곱상하게 생긴 남자가 말했다.

"크크…… 우리 모습을 본 것이 죄다!"

비천단주가 말했다.

"입막음을 하시려고?"

턱수염 남자가 물었다.

"멍청한 놈! 묻긴 뭘 물어!"

천독단주가 말했다.

"긴말 필요 없네! 얼른 죽이고 가세!"

백단주가 말했다.

"크크…… 죽여라!"

비천단주가 말했다.

비천단주는 곱상한 남자를 향해 손을 뻗었다.

픽.

"크아악!"

곱상한 남자는 비명을 지르며 피투성이가 된 채 건물 벽에 날아가 부딪히며 나가떨어졌다.

즉사.

움직임도 없었다.

"넌 내가 죽이마!"

천독단주가 외팔이를 향해 손을 뻗었다.

"캬악!"

소리도 없었다.

외팔이 비명만 터졌을 뿐.

입으로 피를 토하며 외팔이 몸 역시 건물 벽에 날아가 부딪히며 곱상한 남자 위로 떨어졌다. 그런데 천독단주 손목에 x자 모양의 칼자국이 있는 것이 아닌가.

천독단주가 야두리혁인가.

외팔이는 움직임이 없었다. 즉사를 한 것이다.

"요건 내 차례군!"

백단주 손이 부르르 떨고 서 있는 턱수염 남자를 향해 뻗었다.

"크윽!"

턱수염 남자 역시 피를 뿌리며 건물 벽에 날아가 부딪히며 외팔이 위로 떨어졌다.

역시 움직임은 없었다.

"으으……."

담이와 청이가 와들와들 떨었다.

역시 어린아이들이다.

"크크…… 요놈들 쓸 만한 데. 데리고 가자!"

백단주가 말했다.

"계집애는 내꺼다!"

비천단주가 청이를 낚아채고 날아갔다.

"이놈은 내꺼!"

천독단주는 담이를 낚아채고 날아갔다.

백단주는 잠깐 죽은 자들을 바라보다가 연기처럼 사라졌다.

휘이잉.

초가집엔 피비린내만 바람을 타고 퍼져가기 시작했다.

2033년 지구 이야기

중앙정보부 차장 이억기

책상 위에 쓰인 글씨가 이곳이 어디인지 일러주고 있었다.

책상 앞에는 검은 양복의 청년이 보고를 하고 있었다.

"탐정 w에게서 연락이 왔습니다. 괴물박사를 찾았는데 일본 쓰시마섬에 있답니다. 괴물박사 사진까지 보내왔습니다. 위치만 가르쳐주기로 약속을 했는데, 위치만 가르쳐 드릴까요? 아니면 부산까지 데려다가 인계해드릴까요? 라고 묻는데요?"

"데려다 인계하는데 얼마를 달래?"

회전의자에 앉은 정보부 차장 이억기는 짜증스러운 말투로 물었다,

"네! 5천억을 요구하는데요."

"뭐? 5천억? 그냥 준다 그래. 일본과 충돌을 피할 수 있으면 5천억이 문제야. 데리고 와서 인계하라고 해."

이억기는 귀찮은 표정으로 말했다.

"먼저 입금부터 하라고 하던데요."

"흐흐…… 탐정 w 철저하군. 입금해 바로."

"한 가지 조건이 더 있습니다. 부산항을 완전히 통제하고 사고가 일어나지 않게 해달라는 것입니다. 만약 불상사가 생기면 인계 금액을 10배로 배상하라는 것입니다."

"흐흐…… 그건 우리가 알아서 한다고 그래."

"넵! 알겠습니다."

청년은 즉시 인사를 하고 물러갔다.

"역시 또 일본 놈들이 야욕을 드러냈어. 실종된 소녀들을 괴물박사를 이용해 전쟁도구로 만들려고 했다는 보고는 이미 들었으니. 젠장! 탐정 w 그 어린 계집에게 또 우리 정보부가 진 것인가. 탐정 w 대단해. 이번에 얼마를 번 것이야. 세계 각국에서 그 소녀들을 찾으려고 의뢰비를 지급하고. 우린 괴물박사를 찾으려고 지급하고. 아마 10조 원은 될 걸. 흐흐…… 얼른 부산으로 내려가 봐야지. 괴물박사. 소중히 모셔 와야지."

이억기는 자리에서 일어나 곧장 문을 열고 사무실을 나갔다.

수민이는 소녀들 47명과 괴물박사를 태우고 어선을 이용해 이미 한국 영해로 들어와 있었다. 가까이 부산항이 보였다.

"이대로 부산항에 들어가도 괜찮은 거야?"

국영이 걱정스러운 표정으로 수민이에게 물었다.

"맞아! 아마 이미 세계 각국에서도 실종된 소녀를 찾았다는 연락을 받고 몰려오고 있을 것이고. 특히 일본에서 저 괴물박사란 분을 곱게 보내주진 않을 거야. 어쩌면 이미 저격수를 배치했을 수도 있지. 저분 입을 막아야 하니까. 절대 살려 보내진 않으려 하겠지. 안 그래?"

하나 역시 걱정스러운 표정으로 수민이를 보며 물었다.

"어쩌면 말이야. 괴물박사님도 문제지만 저 소녀들도 노리고 있을 것이야."

수민이가 말했다.

"뭐? 소녀들을 왜?"

국영이 물었다.

"저 소녀들을 곱게 찾아 돌려주지 못하면 내가 받기로 한 의뢰비의 10배를 변상하기로 했거든. 그 돈이 적게는 5천억에서 많게는 5조는 되거든."

수민이가 입가에 쓸쓸한 미소를 보이며 말했다.

"그렇군! 막상 찾으려 했지만 돈과 관련이 있군. 돈이냐, 자식이냐. 그게 갈등의 시작이 되겠어."

국영이가 고개를 끄덕이며 말했다.

"또 있지. 탐정 w의 불명예를 노리는 자들. 그들은 괴물박사님이나 저 소녀들이나 가리지 않고 제거하려고 할 것이야. 이미 한국의 정보부에 통보를 했으니 그들이 얼마나 철통방어를 할지 모르지만. 우리도 철저히 대비를 해야지. 그렇지?"

수민이가 지수를 보며 물었다.

"그래, 내가 먼저 가볼게."

지수가 말이 끝나기 무섭게 몸을 허공에 날렸다. 마치 바다 위를 달리듯 빠른 속도로 부산항을 향해 움직였다.

"와! 저분도 저런 재주가 있었어?"

국영이 지수가 사라지는 모습을 보며 수민이에게 물었다.

"네가 반한 그 여신님에게 3일간 배웠단다."

수민이가 장난기가 발동한 모양이다.

"흐흐…… 이 친구 질투가 심하군."

국영도 장난으로 받아넘겼다.

부산항은 완전 적막이 감돌고 있었다. 한국 정보부에서 모든 선박과 차량은 물론 사람들까지 철저히 통제하고 있었다. 그 통제 지역은 부산항에서 반경 1km에 달했다. 특히 세계 각국에서 소녀들을 인계 받으려고 온 사람들까지 몸수색을 하고 정해진 장소에서 기다리게 했다.

헌데,

지수가 막 떠나고 쾌속선 하나가 수민이 일행이 탄 어선을 향해 돌진해왔다.

쾌속선은 그대로 어선을 충돌하려는 것 같았다.

수민이 눈이 파랗게 빛났다.

"일본 놈들이다. 우릴 그대로 수장시키려는 생각이다."

수민이가 말했다.

"내가 처리할게."

하나가 한마디 하며 일어섰다.

수민이와 국영이 하나의 행동을 바라보았다. 하나가 우뚝 어선 뱃머리에 서 있는데. 마치 거대한 산 같은 느낌이 들었다. 하나 몸 주위로 거대한 회오리가 일며 몸과 함께 쾌속선을 향해 그대로 부닥쳐갔다.

콱.

폭음이 들리고 그렇게 빠르게 달려오던 쾌속선은 산산이 부서져 흩어졌다.

"허! 이분도 만만치는 않네. 사람이야? 아님 이분도 신인가?"

국영의 놀람은 컸다.

"친구가 반한 여신님이 제자 몸 지키라고 주고 간 무기야. 엄청나지?"

수민이가 빙긋 웃으며 말했다.

"언제? 난 못 봤는데."

국영이 늘 같이 있었는데 영미가 하나에게 무기를 주는 것을 못 봤던 것이다. 그런 국영이 말에 하나도. 수민이도 말없이 그냥 미소만 지었다.

주인공 이야기

h 공원.

소연 노파는 신이 났다.

100여 년 지구에서 숨어 살면서 한 번도 생각하지 못한 나들이.

그 새로운 세상은 즐겁고 행복했다.

더욱 영미가 곁에 있어서 더욱 좋았다.

"영미야!"

소연 노파가 구경을 하고 다니다가 갑자기 영미를 불렀다.

"네?"

영미가 소연 노파를 바라보며 물었다.

왜 부르느냐 하고 묻는 것이다.

"어사 아닐 땐 그냥 의형제 하자!"

소연 노파가 입가에 미소를 지으며 말했다.

"엑! 그게 무슨 말이에요?"

영미가 너무 황당한 소연 노파의 말을 듣고 먹던 과자를 토할 뻔했다.

"의형제라뇨? 그냥 할머니라 부를게요."

영미가 말했다.

"싫다고?"

소연 노파가 서운한 표정을 지으며 물었다.

"네! 연세가 너무 많아서 남들이 욕해요! 그냥 손녀딸 할게요."

영미가 생글생글 웃으며 말했다.

"그럼! 난 이제부터 항상 존칭을 쓰겠어요! 감찰어사님!"

소연 노파가 공손하게 서서 고개까지 숙였다.

마치 하인이 주인 대하듯.

"이게 무슨! 할머니! 아잉."

영미가 얼른 소연 노파 옆구리를 꼬집으며 아양을 떨었다.

"아이고…… 왜 이러십니까? 소인이 잘못했습니다!"

소연 노파는 얼른 땅바닥에 무릎까지 꿇고 엎드렸다.

구경 다니던 사람들이 이상한 눈으로 쳐다보기 시작했다.

"왜 이러세요? 제발 일어나세요! 사람들이 다 봐요!"

영미가 얼른 소연 노파를 붙들고 일으키려고 했다.

"얼른 대답해라! 의형제를 맺는다고."

소연 노파가 작은 소리로 영미에게 말했다.

여전히 무릎을 꿇고 엎드린 채.

"아, 알았어요! 할게요."

영미는 사람들이 몰려들자 다급하게 대답했다.

"하하…… 동생 고마워!"

소연 노파가 일어서며 영미 두 손을 잡았다.

앙상한 소연 노파 두 손은 영미 손을 잡고 부르르 떨었다.

눈엔 눈물이 맺혔다.

"그렇게 좋으세요? 어, 언니!"

영미가 말했다.

"좋지. 영미 같은 동생이 생기다니…… 소연이 말년에 복이 쏟아졌군! 하하……."

소연 노파가 웃었다.

"가자 구경이나!"

소연 노파가 영미 오른손을 왼손으로 꼭 잡고 걷기 시작했다.

강철은 아무 말도 없이 뒤만 졸졸 따라다니고 있었다.

"철아!"

소연 노파가 강철을 불렀다

"네!"

강철이 얼른 대답하며 소연 노파 앞으로 달려왔다.

"어디 식당을 찾아봐라! 의형제 맺은 기념주를 한잔해야겠다!"

소연 노파가 영미 얼굴을 바라보며 동의를 구하는 표정을 지었다.

영미는 고개를 끄떡거렸다.

"알겠습니다!"

강철이 앞서서 쪼르르 달려갔다.

"동생! 술은 마셔 봤어?"

소연 노파가 영미한테 물었다.

"아뇨! 아직 한 번도."

영미가 대답했다.

"꽥! 언니한테. 무슨 존칭. 그냥 반말하기? 알겠지?"

소연 노파가 말했다

"킥킥…… 알았어! 언니!"

영미가 소연 노파가 다시 생떼를 쓸까 봐 얼른 대답했다.

"역시! 우린 잘 통해. 그치?"

소연 노파가 영미 어깨에 왼팔을 올리고 어깨동무를 했다.

"가자! 한잔하러!"

소연 노파는 마치 어린아이처럼 들뜬 표정이었다.

강철이 쪼르르 뛰어왔다.

"조금 앞에 가시면 제주산 흑돼지 구이집이 있어요!"

강철이 앞을 가리키며 말했다.

"사람이 많아?"

영미가 물었다.

"무슨?"

강철이 영문을 몰라 다시 물었다.

"음식점에 먹는 손님들이 많더냐고?"

영미가 물었다.

"응! 많더라!"

강철이 대답했다.

"떽! 무슨 말버릇이냐?"

갑자기 소연 노파가 화를 벌컥 냈다.

"네에?"

강철은 영문을 몰라 다시 물었다.

"나와 의형제면 너한테 할머니뻘인데 무슨 말버릇이냐? 이제부터 존칭을 사용하도록 해라!"

소연 노파가 무척 화가 난 표정으로 강철을 호통치고 있었다.

"비록 네 할애비와 결혼을 하지는 못했어도 한때, 정혼을 한 사이니라! 그럼 너한테 할머니뻘이 되지 않느냐?"

소연 노파가 호통을 치자 강철은 몸 둘 바를 몰라 영미를 바라보았다.

마치 좀 거들어 달라는 표정으로.

그러나,

영미는 입만 삐쭉 내밀었다.

"아, 알겠습니다!"

강철은 마지못해 대답을 했다.

"작은할머니! 식당에 손님이 많았습니다!"

강철은 영미를 골탕 먹이려는 생각으로 얼른 할머니라고 불렀다.

소연 노파의 화를 풀어주려는 의도가 있긴 했지만.

영미 보고 작은할머니라 부르면 틀림없이 영미가 싫다고 할 테니까.

영미가 싫다고 하면 소연 노파의 명을 안 들어도 될 것이라 생각했다.

"오호! 그래? 그럼 맛있는 집인 모양이구나! 앞장서라! 손자야!"

영미가 강철의 의중을 알고 생글생글 웃으며 한술 더 떠서 손자라는 말까지 했다.

영미가 말을 마치고 입을 삐쭉 내밀며 강철을 약 올렸다.

"으이그! 저게!"

강철은 속으로 이빨을 갈았으나 내색하지는 못했다.

"따라오세요! 할머니들."

강철이 할 수 없다는 표정으로 앞장을 섰다.

"가자! 동생!"

소연 노파가 영미와 어깨동무를 한 상태로 강철의 뒤를 따라 걸었다.

"언니! 여기서 술 한 잔 하고 바로 나가서 다른 곳에 또 구경 가요. 자!"

영미는 얼른 끝에 자를 붙여 존칭을 피했다.

"그래! 그래!"

소연 노파가 마냥 들뜬 표정으로 대답했다.

"저깁니다!"

강철이 식당을 손으로 가리키며 말했다.

그리 크지는 않지만 밖에 테이블까지 가득 사람들이 앉아 있는 것이 장사가 꽤 잘되는 집 같았다.

"흠! 맛있는 냄새가 난다!"

소연 노파가 말했다.

"……!"

소연 노파는 영미를 바라보다가 영미 시선을 따라 어느 테이블을 바라보았다.

"왜?"

영미에게 소연 노파가 물었다.

"저 테이블에서 음식을 먹는 두 남자가 이상한 말을 하네요!"

영미가 작은 소리로 말했다.

"무슨 말? 여기서 들려?"

소연 노파가 물었다.

테이블과의 거리는 50여 미터.

주위에 시끄러운 소음까지 있는데.

그들이 이야기하는 소리를 들었다니.

소연 노파는 믿을 수 없었다.

"킥킥…… 언니!"

영미가 생글생글 웃으며 말했다.

"이건 비밀인데. 먼 거리도 원하는 소리를 들을 수 있어!"

영미가 말했다.

"햐! 역시 내 동생이다! 그래 저자들이 뭐라고 하는데?"

소연 노파가 흥미를 느끼고 물었다.

"흠! 이렇게들 말하는데! 음식에 개미를 넣어서 식당 주인을 혼내주
자, 개미를 주머니에 몇 마리 잡아 왔다, 손님이 많을 때 소란을 피워
야 손님들이 옆집으로 간다, 젠장! 돈도 조금 받고 왜 이 짓을 하는지,
뭐 이런 내용이야! 킥킥…….'

영미가 생글생글 웃으며 말했다.

"흠……! 이건 내가 처리할 일이지?"

소연 노파가 재미있는 장난 거리를 발견한 듯 영미에게 동의를 구하
고 있었다.

"웅! 언니가 알아서 해!"

영미가 다시 생글생글 웃었다.

"아마 저기 손님이 없는 저 식당에서 시킨 일 같아!"

영미가 20여 미터 옆으로 떨어져 있는 식당을 손으로 가리키며 말했다.

그 식당엔 손님이 몇 명 없었다.

"알았다!"

소연 노파가 대답했다.

이미 어떻게 처리할 것인지 생각을 한 듯했다.

"가자!"

소연 노파가 영미와 어깨동무를 하고 식당을 향해 빠른 걸음으로 걸어갔다.

"여기 삼겹살과 막걸리 한 병!"

소연 노파는 빈자리에 앉으며 소리쳤다.

식당에 와서 테이블에서 먹는 손님들이 시키는 소리를 듣고 그대로 따라 한 것이다.

"철아! 넌 이리 와!"

소연 노파가 강철을 불렀다.

강철은 얼른 소연 노파 곁으로 갔다.

"저쪽 집에 가서……."

소연 노파가 강철이 귀를 손으로 잡고 입을 귀에 가까이 대며 작은 소리로 소곤소곤했다.

"네!"

강철은 얼른 대답하고 손님이 별로 없는 20여 미터 옆 식당으로 달려갔다.

"하하하……! 자! 동생 우리 한잔하자고!"

소연 노파는 고기를 두 점 올려놓고 막걸리를 두 잔 따라 하나는 영미를 주면서 큰 소리로 말했다.

"그래! 언니!"

영미도 큰 소리로 대답했다.

"저 어린 소녀가 할머니 동생이래!"

사람들은 수군거리며 영미와 소연 노파를 유심히 바라보기 시작했다.

"킥킥…… 관심 끌기 작전은 성공이네!"

영미가 작은 소리로 말했다.

"그래!"

소연 노파도 고개를 살짝 끄떡거리며 말했다.

"언니가 올해 120살인가?"

영미가 조금 큰 소리로 물었다.

그 소리면 이미 관심을 갖기 시작한 사람들 귀에 모두 들렸다.

"그럼! 그럼! 너보다 104살 많지!"

소연 할머니가 대답했다.

사람들은 모두 놀라움을 금치 못하면서 흥미롭게 관심을 집중하기 시작했다.

그 틈을 놓칠세라 옆 테이블에 앉은 두 남자가 음식에 개미를 3마리 집어넣고 그릇을 들고 일어섰다.

그들이 먹던 음식은 뼈다귀해장국이었다.

옆집에서도 같은 음식을 팔고 있었다.

마침 그때 강철이 음식 두 그릇을 들고 와서 소연 노파에게 슬그머니 넘겨주었다.

두 남자가 들고 일어서는 음식과 똑같은 뼈다귀해장국이다.

소연 노파 손이 번개같이 움직였다.

음식에 개미를 넣고 그 음식 그릇을 두 남자 손에 들고 있는 것과 바꿔치기를 하는 동작이 눈 깜짝할 사이에 이뤄졌다.

지켜보며 관심을 갖던 사람들 눈에도 그 동작을 자세히 볼 수 없을 정도다.

그러나,

이상한 언니와 동생 사이에 관심을 갖고 핸드폰으로 촬영하던 사람이 하나 있었다.

120살이라는 노인을 기념으로 찍은 것일 텐데.

"자! 모두들 보십시오! 해장국에서 개미가 무려 3마리나 나왔어요!"

남자 하나가 큰 소리로 음식 그릇을 들고 소리쳤다.

"어! 그러십니까? 저도 개미가 나왔는데. 전 두 마리네요!"

다른 남자도 맞장구를 치며 음식 그릇을 들고 사람들에게 내보이며 소리쳤다.

"이런! 지저분한 음식을 손님들한테 팔다니 이게 말이 됩니까?"

남자는 음식 그릇을 손님들에게 일일이 보여주며 떠들기 시작했다.

"주인 나오라고 해! 주인 어디 있어!"

남자들은 소란을 피우기 시작했다.

사람들은 우르르 몰려들어 구경을 하기 시작했다.

소란스러워지자 주인이 황급히 나왔다.

"자! 자! 여러분!"

소연 노파가 얼른 일어서며 말했다.

"내가 이 집 저 집 다 음식을 먹어 봤는데. 저 녀석들이 들고 있는 음식 그릇은 이 집 것이 아니라 저쪽 집 것인데."

소연 노파가 20여 미터 떨어진 옆 식당을 손으로 가리키며 말했다.

"네! 맞습니다! 이건 우리 식당 그릇이 아닙니다!"

주인이 나와서 남자들이 들고 있는 그릇을 살펴보며 말했다.

"아니! 이 할망이 미쳤나! 뭘 안다고 떠들어?"

남자 하나가 소연 노파에게 국그릇을 던질 듯 자세를 취하며 말했다.

"언니! 버릇이 없네!"

영미가 생글생글 웃으며 말했다.

"매를 맞아야지!"

소연 노파가 말이 끝나기 무섭게 남자 입에서 비명이 터졌다.

"악!"

남자는 국그릇을 떨어뜨리며 벌렁 나가 자빠졌다.

금방 얼굴이 퉁퉁 부었다.

소연 노파가 손바닥으로 뺨을 때린 깃이다.

"고얀 놈! 내 손자도 너보다 나이가 많다! 버르장머리 없게!"

소연 노파가 무척 화가 난 표정으로 말했다.

"이! 미친년이!"

다른 남자가 국그릇을 소연 노파를 향해 던지며 욕을 했다.

"이런!"

소연 노파는 날아오는 국그릇을 사뿐히 받아 테이블에 올려놓았다.

"증거를 없애면 어사께서 용서하실까!"

소연 노파가 한쪽 눈을 찡끗거리며 영미를 바라보았다.

"주둥이가 더러운데!"

영미가 말했다.

"주둥이를 때려 줘야지!"

소연 노파가 다시 손바닥으로 남자 입을 때렸다.

번개같이 빨라서 피할 시간도 없이 남자는 얻어맞고 나가떨어졌다.

"이놈들은! 옆집에서 돈을 받고 이곳 장사를 망치려고 보낸 자들입니다!"

영미가 큰 소리로 말했다.

"마, 말도 안 돼!"

남자가 악을 쓰듯 소리쳤다.

"네놈들이 떠드는 소리를 들었거든! 돈도 조금 받고 이 짓을 하다니, 하면서. 음식에 개미를 넣고 소란을 피워야 손님이 저기 저 식당으로 간다고 말이야! 아니냐?"

영미가 20여 미터 떨어진 식당을 손가락으로 가리키며 말했다.

"어, 어떻게?"

남자가 자기도 모르게 시인을 하고 말았다.

"언니가 알아서 처리해!"

영미는 의자에 앉아서 막걸리를 쭉 들이켰다.

"강철아! 이놈들 들고 와라!"

소연 노파는 두 남자를 강철에게 데리고 따라오라고 하면서 옆집 식당으로 향해 걸어갔다.

아무 일도 아니란 듯이 영미는 막걸리나 마시고 앉아 있었다.

사람들은 쪼르르 소연 노파를 따라갔다.

멀리 소연 노파가 옆집 주인을 야단치는 모습이 보였다.

영미는 그냥 생글생글 웃으며 고기를 구워 먹고 있었다.

음식을 다 먹고 길을 걷던 영미가 갑자기 입가에 미소를 띠며 소연황후를 바라보았다. 그런 영미 모습에 소연황후는 영미가 뭔가 재미난 생각을 했구나 하는 기대감에 영미를 보았다.

"소연 언니!"

영미가 갑자기 생글생글 웃는 얼굴로 소연황후를 불렀다.

"왜?"

소연황후가 강철이 듣지 못하도록 작은 소리로 물었다.

"저쪽 골목에서 싸우는 소리가 들려요."

영미가 멀리 보이는 동네를 손으로 가리키며 말했다.

"엉? 저 멀리서? 싸우는 소리가 들린다고?"

"응. 싸운다는 것보단 여러 아이들한테 한 아이가 맞는 소린데."

"햐! 우리 태상감찰어사부령은 아무나 하나. 기막히네. 저 먼 곳에서 그것도 여러 아이들이 한 아이를 때린다는 소리까지 듣고. 어때? 가볼까?"

"당연히 가봐야지. 지구에도 동생을 하나 정도 만들어 놓을 때가 되었어. 엥! 그러면 소연 언니 동생도 되잖아. 큭…… 큭……."

"여자아이야?"

"응. 학생들인데 한 학생을 괴롭히네. 가서 동생 만들어 놓자. 착한 아이 같아."

"동생 만들어서 착하면 천국성 갈 때 데리고 가자."

"알았어! 언니."

영미와 소연황후는 멀리 보이는 동네 골목으로 빠르게 이동했다. 마치 땅 위를 미끄러지듯 움직이는 모습이 둘 다 같았다.

"아니! 왜들 나만 떼어 놓고."

뒤늦게 영미와 소연황후의 모습을 본 강철이 부랴부랴 뒤따라갔다.

골목엔 여고생들 4명이 1명의 여고생을 둘러싸고 괴롭히고 있었다. 괴롭힘을 당하는 여고생은 얼굴에 여기저기 지저분한 것이 묻어 있었지만 예쁜 얼굴이었다.

"이게 그 얼굴 가지고 감히 내 남자 친구를 유혹해. 넌 오늘 뒈졌어."

대장인 듯 보이는 여학생이 뒤에서 담배를 피우며 한마디 했고 다른 3명의 여학생들이 손에 지저분한 것들을 묻혀 예쁜 여학생 얼굴에 막 칠하면서 때리고 있었다.

"잠깐 애들아."

영미가 생글거리는 모습으로 아이들한테 다가가며 말했다.

"이년은 또 뭐야? 으악!"

한 여학생이 영미를 보고 욕을 하다가 비명을 질렀다.

"대신 내가 때렸다. 동생이 때리면 아마 죽을까 봐."

소연황후가 영미보다 먼저 때린 것이다.

"우리 동생은 욕을 하면 무조건 죽이거든. 그러니까 넌 내가 살려준 거야. 알았지?"

욕을 하다가 얻어맞은 학생 뒷덜미를 손으로 잡고 번쩍 들고 소연황후가 말했다.

"네 이름이 뭐야?"

영미가 괴롭힘을 당하던 학생 앞에 가서 묻고 있었다. 이미 사태를 짐작한 3명의 여학생들은 뒤로 물러나 경계심을 갖고 지켜만 보고 있었다.

"나? 정유미."

괴롭힘을 당하던 여학생이 영미 얼굴을 보며 대답했다

"오! 정말? 너도 정씨야?"

영미가 호들갑을 떨며 유미와 소연황후를 번갈아 봤다.

"으이그. 대단해, 대단해. 그 먼 곳에서 그 아이 이름이 정유미란 걸 이미 알고 왔으면서."

소연황후가 너스레를 떨며 말했다.

사실 영미는 그 먼 곳에서도 괴롭힘을 당하는 아이 이름이 정유미란 것을 아이들끼리 하는 말을 듣고 이미 알고 온 것이다. 그래서 동생 삼는다고 하고.

"헤헤…… 정유미. 난 정영미라고 해. 이제부터 넌 내 동생 하자. 응?"

영미가 유미 얼굴에 묻은 지저분한 것을 손수건을 꺼내 닦아 주면서 물었다. 유미는 순간 온몸이 시원해지며 아픈 곳이 다 사라지는 것을 느꼈다.

유미는 신비한 듯 영미를 바라보며 온몸을 이리저리 움직여봤다. 정말 아픈 곳이 하나도 없었다.

"어떻게……?"

유미가 영미에게 어떻게 자신이 아픈 곳이 없어진 것이냐고 묻는 것이다.

"응. 이 언니가 꽤나 기술이 좋은 의사거든. 언제 동생 할 거지?"

영미가 다시 물었다.

"응, 언니. 동생 할게."

유미는 자기도 모르게 그런 대답이 나왔다. 대답을 하고 유미는 스스로 놀랐다. 나이도 비슷한 것 같은 영미에게 동생을 하겠다고 대답한 것이다.

"오! 그래? 그럼 내 동생도 되는 거야."

소연황후가 입가에 미소를 띠며 한 손으로 들고 있던 학생을 내려놓고 영미 곁으로 걸어오며 말했다.

"맞아. 얼른 인사드려. 소연 언니야."

영미가 유미에게 말했다.

"정유미에요. 안녕하세요?"

"오! 그래. 착하게 생겼네. 예쁘고. 그래서 듣자 하니 저기 저 못된 아이 남자친구가 너한테 반한 모양이구나."

소연황후가 유미를 보다가 한쪽에 어리둥절한 모양으로 서 있는 여학생들을 보며 물었다.

"반하긴 누가 반해요. 저년이 꼬리친 거라고요. 백여우 같은 년이."

대장 같은 여학생이 발끈해서 소리쳤다. 아무리 못된 학생들이라 해도 나이가 많은 할머니에게 대들지는 못하고 목청만 높였다.

"잠깐, 변명할 것 없다. 어차피 여기 동생이 알아서 처리할 거니까. 잠시 기다려."

소연황후가 말을 하며 영미 눈치를 살폈다.

"헤헤…… 당연히 제가 처리해야죠. 하지만 제 손은 아니에요."

영미가 말했다.

"엥? 그럼 설마 늙은이 언니보고 저 젖비린내 나는 애들을 손보라고?"

소연황후가 팔짝 뛰며 말했다.

"아니요. 설마 제가 그러겠어요. 저 아이들은 여기 유미가 손봐줄 거예요."

영미가 유미 등을 손바닥으로 토닥거리며 말했다.

"에…… 내가? 어떻게?"

유미가 의아한 표정으로 물었다.

"언니가 힘을 줄게. 언니 동생이 된 기념으로. 조금만 참아."

갑자기 영미가 품에서 은침을 꺼내 유미 온몸에 여기저기 꽂아 놓기 시작했다. 이상할 정도로 유미는 전혀 아픔을 느끼지 못했다.

"지금부터 말 잘 들어. 너에게 힘만 주는 것이 아니고 지능과 가벼운 몸까지 다 줄 거야. 언니가 누군지는 나중에 차차 알게 돼. 언니가 약속할게. 네가 스스로 괴롭힘을 당하지 않고 잘 견디며 살고 공부도 전교에서 1등을 하면 언젠가 언니가 네게 돌아와. 언니를 따라갈 것인지 물을 거야. 그럼 꼭 따라가길 바란다. 언니는 네가 좋아."

마치 큰 소리로 말을 한 것 같은데 다른 사람들은 전혀 듣지 못한 표정들이라 유미는 더욱 속으로 놀라고 있었다.

'마치 모든 말을 나만 듣게 하고 있는 것 같아. 신비하다. 누구지.'

유미는 그렇게 속으로 생각하며 놀라고 있었다.

"단지 명심할 것은 네 힘을 자랑하지 마라. 남들 이목이 집중되면 너도나도 골치 아파지거든. 꼭 명심해. 이제 다 됐다. 너 혼자도 저기 4명을 손쉽게 이길 수 있어. 한번 해봐."

영미 말이 끝나고 모든 은침이 유미 몸에서 회수됐다. 순간 유미 몸이 마치 하늘을 날 것처럼 가벼워지며 온몸에 힘이 넘치고 머리가 맑아지는 걸 유미는 느꼈다.

"언니는 도대체 누구야?"

유미가 작은 소리로 영미 귀에다 대고 물었다.

"차츰 알게 되겠지만, 믿든 안 믿든 나와 소연 언니는 저 멀리 우주에서 왔단다. 나는 그곳에서도 가장 기술이 좋은 의사고. 지금은 못 믿겠지만 차츰 모든 방송에서 떠들어댈 것이니 모두 알게 될 거야. 나와 소연 언니가 이곳에서 할 일을 마치고 가장 안전하다고 할 때 널 찾아올게. 네가 우리와 아는 사이라는 것이 밝혀지면 너도 위험해지니까. 명심해. 나와 동생이란 것도 너만 아는 것이야. 알겠지?"

영미가 말했다. 유미는 고개를 끄떡거렸다.

"그럼 가봐. 가서 저 아이들을 따끔하게 혼내고 다시는 널 괴롭히지 못하게 해."

"내가 할 수 있을까?"

"암. 충분히. 언니가 힘을 줬으니까."

영미의 말을 듣고 유미는 용기를 내어 4명의 여학생들에게 다가갔다.

"애들아. 이제 그만하자. 네 남자 친구에게 난 전혀 관심이 없으니 너희들도 이제 그만둬. 더 이상 나를 괴롭히겠다고 하면 나도 참지 못하니까."

유미가 말을 하자 대장인 듯 보이는 여학생이 앞으로 나섰다.

"이년이 뭘 잘못 처먹었나."

손을 들고 유미 뺨을 후려쳤다. 그런데 유미는 이미 옆으로 피해 그 여학생 손을 잡고 손에 힘을 주고 있었다. 엄청나게 밀려오는 아픔. 대장으로 보이는 여학생 입에서 자기도 모르게 비명이 터졌다.

"으악."

"그만 하자니까. 더 대들면 다칠 수가 있어."

유미는 손에 더욱 힘을 줬다.

"아악. 아…… 알았어, 알았어."

여학생은 고통으로 일그러진 얼굴로 겨우 대답했다.

"그럼 이제 가봐."

유미는 손을 놔줬다. 대장으로 보이는 여학생은 자신의 손목이 벌겋게 부은 것을 보며 마지못해 아이들을 데리고 떠나갔다.

"잘했지? 언니? 어! 어디 갔지?"

유미가 영미를 찾았으나 이미 영미와 소연황후 모습은 보이지 않았다.

선녀 이야기

"으으……."

선녀와 정이는 초가집에 들어와 시체들을 보고 넋이 나갔다.

"담이와 청이는 납치당한 것 같아요!"

정아가 말했다.

"누구의 소행이야?"

선녀가 정아한테 물었다.

"글쎄 모르겠네요!"

정아가 시체를 살피며 말했다.

"그 감찰어사가 한 짓 맞지?"

선녀가 물었다

눈엔 눈물이 계속 흐르면서.

"아닙니다! 영미는 이렇게 사람을 죽이진 않아요! 제3의 인물입니다!"

정아가 말했다.

"그럼 누구야? 짐작도 안 가?"

선녀가 다그치듯 물었다.

"제 생각으로는……."

정아가 뭔가 생각이 나는 것이 있다는 표정을 지었다.

"그래! 누군데?"

선녀가 다급히 물었다.

"상인문 비밀조직."

정아가 말했다.

"상인문? 비밀조직이라고?"

선녀가 물었다.

"네! 죽은 상처를 보니 이건 상인문 비밀조직 비천단, 이건 천독단, 이건 백단. 그런 것 같네요!"

정아가 시체들을 살피며 하나하나 정확히 맞추고 있었다.

"자세히 말해봐! 비천단은 뭐고 천독단, 백단은 뭐야?"

선녀가 물었다.

"상인문에 비밀 조직이 있는데 3개단으로 구성돼 있어요! 비천단, 천독단, 백단. 이렇게 각 단에 100여 명씩 모두 300여 명으로 알고 있어요! 그중 단주들 무공은 감찰어사 영미와 대등하다고 알려져 있으며 나이는 모두 80대 늙은이들이에요! 손속이 잔인해서 무차별 살생을 하고 못된 짓을 저지르지만, 감찰어사의 손을 항상 벗어나서 골치를 앓는 존재들이에요. 전임 감찰어사 혼자서는 감당하기 어려워 무관을 대동하고 항상 추적했었는데 5년 전에 사라졌어요!"

정아가 아는 대로 대답했다.

"무관?"

선녀가 물었다.

"아! 무관은 무문의 최강자들입니다! 전임 감찰어사 호위들이죠!"

정아가 대답했다.

"그렇다면! 우리 힘으로 상대하기 힘들다는 것이야?"

선녀가 물었다.

"정인균 그 할아버지가 도와주면 가능하지만."

정아가 말끝을 흐렸다.

"그래! 그 노인이라면 가능할 것이야! 장례를 치르고 한번 가서 부탁을 해보자! 울면서 매달려 봐야지!"

선녀가 말했다.

"네! 그래요!"

정아가 눈에 눈물을 소매로 훔치며 결연한 표정을 지었다.

정인균.

그가 누구인지.

정아와 선녀가 무척 믿는 눈치다.

그의 능력을.

"잠깐, 여기 아빠가 뭐라고 글을 써놨는데."

선녀가 외팔이 손끝은 가리키며 말했다. 외팔이 손끝에 죽으며 땅에다 손가락으로 쓴 글씨가 있었다.

천독단주. 손목에 × 자 흉터

땅바닥에는 그렇게 쓰여 있었다.

"내 예상대로 천독단주가 나타났었군. 손목에 × 자 흉터⋯. 그자를 찾으면 선녀의 원수를 찾는 건가."

정아가 혼잣말처럼 중얼거렸다. 그 중얼거림을 들은 선녀가 눈물을 흘리며 고개를 끄덕이고 있었다.

"하하하⋯⋯."

소연 노파가 무척 신이 나서 웃었다.

오랫동안 숨어 살기만 하다가 뭔가 뜻있는 일을 하나 했다는 것이 소연 노파를 기분 좋게 만들었다.

살아가는 재미를 느꼈다고 할까.

그런 소연 노파를 바라보며 강철은 만족한 표정을 지었다.

"언니!"

영미가 손에 지도를 들고 들여다보며 소연 노파를 불렀다.

"응?"

소연 노파가 영미를 바라보았다.

"지도를 보니까 여기가 신창이라는 동네야! 저게 전기를 만드는 풍력 발전소야!"

영미가 높은 풍차 같은 풍력 발전용 바람개비를 손으로 가리키며 말했다.

"여긴 사람들이 별로 없어서 재미가 없겠다! 우리 사람 많은 곳으로 가자!"

소연 노파는 오랫동안 숨어 살아서 사람 냄새가 그리운 모양이다.

"웅! 지나가는 사람 잡고 물어봐야지!"

영미가 주위를 두리번거리며 말했다.

"......!"

주위를 살피던 영미 눈에 뭔가 보였다.

바닷가 바위에서 낚시를 하는 사람이다.

부부 같았다.

남자는 낚시를 하고 여자는 음식을 만들고 있었다.

"저기 한번 가보자! 언니!"

영미가 소연 노파 손목을 잡고 당기며 낚시꾼을 향해 걸어갔다.

"킁킁…… 흠……! 냄새 좋고!"

소연 노파는 낚시꾼 부인이 끓이는 매운탕 냄새가 좋은 모양이다.

"지구 사람들은 왜! 저렇게 힘들게 고기를 잡는지 모르겠어! 멍청하긴!"

영미는 낚시를 해서 고기를 잡는 것이 못마땅하다는 표정이다.

"여긴 물고기가 별로 없어! 천국성처럼 많지가 않아!"

소연 노파가 말했다.

"킥킥…… 그거야 인구가 많아지면 잡아먹는 것도 많아지니까 그렇지!"

영미는 역시 똑똑했다.

어느덧 바닷가 바위에 도착했다.

낚시꾼 부부가 자신들을 향해 다가오는 영미 일행을 바라보고 반갑다는 듯 인사를 했다.

"어서들 오세요!"

부인이 매운탕을 끓이던 손을 멈추고 소연 노파를 바라보며 말했다.

30대 정도 된 젊은 부부였다.

"혹시! 유명한 관광지 사람들 많은 곳 모르세요?"

영미가 낚시꾼 부인에게 물었다.

"용머리 해안 쪽이 사람이 많을 거예요!"

부인이 말했다.

"아! 그래요! 감사합니다!"

영미가 말했다.

"우리도 어제 첨 가봤는데 볼 만 하더군요."

부인이 말했다.

"고기가 잘 잡히나요?"

강철이 낚시를 하는 남자에게 다가가서 물었다.

"썰물 때라 안 잡히네요! 겨우 몇 마리 잡아서 매운탕 끓이는 중입니다! 소주나 한잔 같이하시죠!"

낚시를 하는 부부는 제주도 사람이 아닌 모양이다.

사투리를 전혀 쓰지 않았다.

"같이 온 일행한테 큰소리는 치고 나와서 잡아 가지고 못 가면 체면이 말이 아닐 텐데."

부인이 남편을 비꼬듯 말했다.

"밀물 때나 잡히지 지금은 안 잡히는 걸 어쩌겠어!"

남편이 낚싯대를 접으며 말했다.

"언니! 내가 좀 잡아 줄까?"

영미가 소연 노파에게 눈을 찡긋거리며 물었다.

"그래!"

소연 노파가 고개를 끄떡거렸다.

"저어……! 연세가 어떻게 되셨어요?"

부인이 소연 노파에게 물었다.

영미가 언니라고 하는 것이 이상했던 모양이다.

"올해 120살이라오."

소연 노파가 대답했다.

"에에? 그렇게 많이! 그런데!"

부인은 소연 노파와 영미를 번갈아 바라보며 말했다.

"하하…… 동생과는 104살 차이라오! 나이 차이가 뭐 그리 중요하오? 동생은 동생이지!"

소연 노파가 호탕하게 웃었다.

"언니 나이가 많으니 사람들이 이상하게 생각하는 것이야 어쩌겠어! 킥킥……."

영미는 생글생글 웃으며 남자에게서 낚싯대를 받아 이리저리 살펴보고 있었다.

"이걸로 집으니 한 빈에 거우 1마리씩 잡시. 킥킥……."

영미가 낚싯대를 다시 남자한테 넘겨줬다.

"……?"

남자는 영미가 고기를 잡아 준다고 큰소리치더니 낚싯대를 돌려주자 뭔가 묻고 싶었지만 그냥 참았다.

어린애가 낚시를 해봐야 얼마나 하겠느냐고 믿지도 않았기에 실망할 것도 없었다.

"날씨도 더운데 수영이나 해야지. 킥킥……."

영미가 생글생글 웃으며 고기 망태기를 들고 바닷물로 뛰어 들어갔다.

순식간에 영미 모습은 바닷속으로 사라졌다.

"저, 저! 여긴 위험한데⋯⋯!"

낚시꾼 부부가 몹시 놀라서 어쩔 줄을 몰라 했다.

낚시를 하는 곳이므로 깊고 바위투성이라 위험하기 때문이다.

"괜찮소! 동생은 저 정도는 아무것도 아니라오."

소연 노파는 매운탕 냄비 앞에 털썩 주저앉았다.

어서 먹기나 하자는 듯이.

"아! 그래요? 그래도⋯⋯."

부인이 그래도 못 믿겠다는 듯이 자꾸 영미가 뛰어 들어간 바다를 돌아보았다.

"괜찮으니 어서 한잔합시다!"

소연 노파가 침을 꿀꺽 삼키며 말했다.

"아⋯⋯ 네! 네!"

남자가 얼른 소연 노파 앞으로 와서 소주부터 한잔 따라 소연 노파에게 권했다.

강철은 바위에서 영미가 들어간 바다를 바라보고 있었다.

영미가 걱정되어 그런 것은 아니다.

자신도 시원하게 수영을 하고 싶어서다.

"철이 너도 시원하게 멱이나 감아라!"

소연 노파가 강철이 심정을 눈치 채고 말했다.

"네!"

강철은 기다렸다는 듯 얼른 대답하고 겉옷을 벗고 물속으로 뛰어 들어갔다.

"에구머니. 위험한데."

부인이 걱정되는지 일어서서 강철이 들어간 바다를 보며 말했다

"걱정 말래도!"

소연 노파는 소주잔을 입으로 가져가 쪽 소리가 나도록 마시고 매운탕을 한 스푼 떠서 입으로 가져가며 말했다.

두 부부는 그런 소연 노파를 이상한 눈으로 바라보고 바다 쪽으로 고개를 돌렸다.

믿음이 안 가는 눈치다.

특히 한번 들어간 영미 모습은 전혀 물 위로 나타나지 않았다.

벌써 5분은 흘렀을 텐데.

두 부부는 걱정이 됐다.

마치 소연 노파가 망령이 난 노파 같았다.

"······!"

바다를 바라보던 부부가 반색을 했다.

영미가 물 위로 솟아오른 것이다.

"헉!"

두 부부는 동시에 놀랐다.

마치 한 마리 돌고래가 물 위로 솟구치듯 튀어 올라 곧바로 바위 위로 날아 내렸던 것이다.

"우아!"

부인이 영미가 들고 있는 고기 망태기를 보고 놀라 탄성을 질렀다.

영미 손에 들려있는 고기 망태기엔 팔딱팔딱 튀는 물고기가 가득 담겨 있었다.

"어떻게 저런 일이!"

남자도 믿기지 않는다는 투로 말했다.

"킥킥…… 고기들이 많지 않아서 시간이 좀 걸렸네!"

영미가 고기 망태기를 들고 걸어와 부인한테 내밀었다.

부인은 망태기를 받아 들고 다시 영미 얼굴을 바라보았다.

마치 신비한 사람을 만난 표정으로.

"언니! 나도 한 잔 줘!"

영미는 두 부부의 시선을 모른 체하고 소연 노파 앞에 털썩 앉으며
말했다.

"그래! 한잔해라."

소연 노파는 소주잔을 들고 낚시꾼 남자한테 줬다.

소주를 따라 영미를 주라는 이야기다.

그 뜻을 모를 리 없는 남자가 소주를 가득 채워 영미를 줬다.

"고맙습니다!"

영미가 소주잔을 두 손으로 받아 한입에 털어 넣었다.

"동생 술이 늘겠어? 하하……."

소연 노파가 농담을 했다.

"킥킥……."

영미는 생글생글 웃었다.

"그나저나 옷이 다 젖어서."

부인이 영미 옷이 젖어서 걱정스러운 모양이다.

"걱정 마세요!"

영미가 생글생글 웃으며 일어섰다.

영미는 옆 바위로 걸어가더니 힐끗 두 부부를 바라보고 생글생글
웃었다.

"헉!"

두 부부는 놀라서 몇 걸음 뒤로 물러나며 눈이 휘둥그레졌다.

영미가 마치 바람개비 돌듯 엄청 빠를 속도로 돌고 있었기 때문이다.

옷에 젖어 있던 물들이 하얗게 분사되어 흩어져 날아가는 광경이 마치 영미 몸에서 안개가 피어나는 듯 착각이 들 정도였다.

"허어!"

두 부부는 입을 벌린 채 말을 잃었다.

영미는 돌던 몸을 멈추고 자리에 앉았다.

영미 몸에서 김이 모락모락 피어나기 시작했다.

마치 음식물이 끓을 때 나는 수증기처럼.

영미 옷에서 수증기가 피어오르더니 이내 멈췄다.

"킥킥⋯⋯."

영미가 생글생글 웃으며 소연 노파 앞으로 와서 앉았다.

"헉! 다 말랐다!"

두 부부는 동시에 소리쳤다.

영미 옷이 보송보송하게 말랐던 것이다.

푸아.

강철이 물속에서 솟아올랐다.

강철의 몸은 전혀 젖어 있지 않았다.

"이게 어떻게 된 일이지."

두 부부는 정신이 없었다.

강철이 착용하고 있는 완체 때문이라는 것을 알 리 없는 부부들은 그 신비함에 마치 꿈을 꾸고 있다고 생각했다.

"잘 먹었소!"

소연 노파가 일어서며 두 부부를 보고 인사를 했다.

"아, 네!"

두 부부는 정신이 없었기에 인사도 받는 둥 마는 둥 정신을 차리려고 애썼다.

이미 영미 일행은 저 멀리 사라지고 있는데.

"

그 지긋지긋한 살생 무기에서 벗어나
생을 위한 무기로 바뀐 것이야.
적을 죽이지 않고 친구로 만들어 버리는 무기.
사람이 착해지게 하는 무기지.

"

제7장

약속의 길

서울 잠실.

높은 빌딩들이 가득 차 있는 곳.

j 아파트.

한강이 훤히 내려다보이는 아파트 21층.

선녀와 정아가 넓은 창가 소파에 앉아있었다.

높은 곳이라 한강 건너 광진구 일대가 다 보였다.

날씨가 맑아서 멀리까지 보였다.

정아가 벽에 걸린 시계를 잠깐 쳐다보았다.

누군가 기다리는 눈치다.

주방 일을 돕는 아주머니가 벌써 커피를 두 번째 내왔다.

"성 할아버지는 언제 오시는 거야!"

선녀가 짜증 섞인 말을 했다

"곧 오실 겁니다!"

주방 일을 돕는 아주머니가 대답했다.

아주머니는 커피를 내려놓고 얼른 주방으로 사라졌다.

"오실 테니 조금 더 기다려 봐요!"

정아가 말했다.

정아도 짜증스럽기는 마찬가지다.

벌써 2시간은 기다렸다.

금방 오신다 하면서도 계속 오지를 않았다.

"무슨 일 생기신 건 아닐까?"

선녀가 정아한테 물었다.

"아닐 거예요. 김포에서 오신다니까 차가 막혀서 그렇겠죠!"

정아가 대답했다.

"흠!"

선녀가 답답한 듯 일어서서 잠시 서성거리다가 다시 소파에 앉았다.

딩동.

현관 벨소리가 들렸다.

주방 아주머니가 현관 작은 구멍으로 밖을 내다보더니 문을 열었다.

현관을 들어 선 사람은 30대 남자 3명과 나이를 짐작하기 어려운 백발노인이다.

눈이 좀 나쁜지 돋보기를 썼다.

"할아버지!"

정아가 쪼르르 달려가며 소리쳤다.

"으이그. 정아 왔구나! 선녀도 왔고!"

노인은 선녀와 정아를 바라보며 무척 반기는 표정이다.

"안녕하셨어요?"

선녀가 일어서서 인사를 했다.

"그래! 그래! 우리 공주님! 하하……."

노인은 선녀를 마치 손녀딸 대하듯 했다.

"앉아라."

노인이 소파에 앉으며 말했다.

정아와 선녀가 나란히 맞은편 소파에 앉았다.

30대 남자들 3명은 노인이 앉은 소파 뒤에 공손한 자세로 서 있었다.

"무슨 일로 왔는지 다 안다. 이제 난 늙어서…… 직접 너희를 돕지는 못하고. 뒤에 이 녀석들이 너희를 도울 것이다! 인사드려라! 공주님이시다!"

노인은 선녀와 정아가 무슨 일로 왔는지 이미 눈치를 채고 있었다.

그래서 30대 남자 3명을 데리고 온 모양이다.

"성철입니다!"

우측 30대 남자가 고개를 숙이며 선녀에게 인사를 했다.

"장민입니다!"

가운데 30대 남자가 고개를 숙이며 인사를 했다.

"동규입니다!"

좌측 30대 남자가 고개를 숙이며 인사를 했다.

"만나서 반가워요!"

선녀가 인사를 받았다.

"이들 3명이면 너희들이 걱정하는 상인문의 3단주는 충분히 이길 수 있다! 물론 강철까지도. 단, 감찰어사의 능력은 모르니……."

노인이 정아를 바라보며 말끝을 흐렸다.

영미 능력이 어느 정도인지 말을 해보라는 뜻이다.

"감찰어사는 강철의 10배. 아니, 100배는 강해요!"

정아가 몸을 부르르 떨며 말했다.

"그 정도냐?"

노인이 반문했다.

"네! 지금은 아마 더욱 강할 겁니다! 무체를 두 가지 착용해서."

정아가 말했다.

"흠……!"

노인은 잠깐 뭔가 골똘히 생각을 하더니 자리에서 일어서서 왔다 갔다 하며 고개를 갸우뚱거렸다.

"그렇다면……! 감찰어사를 유인해서 따돌리고 그 틈에 강철을 처치하는 방법으로 해야겠다! 어차피 감찰어사를 죽일 이유는 없으니까!"

노인이 3명의 30대 남자들을 차례로 훑어보며 말했다.

마치 그렇게 하라고 지시를 내리듯.

"알겠습니다!"

30대 남자 3명은 동시에 차렷 자세로 대답했다.

군인들처럼.

"상인문 3단주에 대한 복수는 천천히. 우선 강철부터."

노인이 다시 정아와 선녀를 바라보며 말했다.

"네! 그렇게 할게요."

정아가 얼른 대답했다.

"왔으니 밥이나 먹고 얼른 떠나도록 해라!"

노인이 말했다.

"네! 할아버지!"

정아가 대답했다.

"저어……! 정말 저 사람들이?"

선녀는 30대 남자 3명을 눈으로 가리키며 노인에게 물었다.

30대 남자들 3명의 능력을 믿을 수 없다는 표정으로.

"일단! 데리고 가렴! 하하하……."

노인은 더 이상 말을 하지 않았다.

헌데, 노인의 팔목에도 × 모양의 칼자국이 선명하게 보였다.

선녀는 노인과 30대 남자 3명을 번갈아 바라보며 고개를 갸우뚱거렸다.

여전히 믿을 수 없다는 표정으로.

층층이 쌓인 사암층 암벽이

오랜 세월 동안 파도와 바람에 씻기고 파여 절경을 이루고 있는 곳.

용머리 해안.

용이 바다로 들어가려는 형상과 같다 하여 용머리 해안이라고 한다.

철썩.

철썩.

파도가 잔잔하게 치고 있었다.

바람이 살랑살랑 시원하게 불고 있었다.

마치 말려 놓은 번데기 같은 모양의 사암 절벽 아래로 사람이 걸어다닐 수 있게 만들어 놓은 길로 소연 노파와 영미가 여전히 어깨동무를 하고 걷고 있었다.

뒤쪽.

10여 미터 떨어진 곳에서 강철이 걷고 있었다.

가까이 가도 말을 시켜주지 않고 말을 걸어도 대답도 안 하고. 영미와 소연 노파 둘이서만 웃고 떠들고 하였으므로 강철은 함께 어울리기를 포기했다.

"강희는 잘 있겠지. 우석 씨가 와서 같이 있을 테니까! 괜찮을 거야."

강철은 그렇게 생각했다.

"소연 할머님이 너무 오랜 세월 지하 굴속에서만 살아서 바깥세상이 그리웠을 것이야!"

강철은 영미와 웃고 떠들고 즐거워하는 소연 노파를 보며 빙긋이 웃었다.

"영미는 누구한테나 귀염을 받아! 녀석이 너무 귀엽거든."

강철은 영미와 어릴 때부터 같이 뛰어놀던 일을 생각하며 자기도 모르게 미소를 지었다.

"그나저나 얼른 선조님 유지를 마무리하고 돌아가야 하는데… 갑자기 나를 노리는 적이 많다는 것을 느꼈다!"

강철은 가슴이 답답했다.

강철은 크게 심호흡을 하며 하늘을 쳐다보았다.

"……!"

하늘을 쳐다보던 강철의 눈에 뭔가 보였다.

사암 절벽 위에 아슬아슬 서 있는 여인.

"울고 있다. 자살하려는 것이다."

강철은 사태가 심각하다는 것을 느꼈다.

웅성웅성.

사람들이 하나둘 .

자살하려는 여인을 발견하고 떠들기 시작했다.

강철은 얼른 여인이 떨어질 위치에 가서 섰다.

떨어지면 받으려는 것이다.

"헉! 사람이 떨어진다!"

사람들이 소리쳤다.

여인이 몸을 던진 것이다.

강철은 순간 공중으로 날아 올라갔다.

떨어지는 여인을 받아 안고 서서히 사암 절벽을 살짝살짝 밟으며 땅으로 내려왔다.

"와아."

"사람이 날아서 떨어지는 사람을 받다니!"

"먼젓번 TV에서 봤던 그 사람과 같다!"

사람들은 저마다 한마디씩 하며 강철이 주위로 몰려들었다.

"킥킥…… 일을 제대로 쳤군!"

영미가 뒤돌아와 강철을 보며 생글생글 웃었다.

"저놈이 여시라면 사족을 못 쓴다니깐! 동생! 우린 그냥 가자!"

소연 노파가 영미를 보고 작은 소리로 말했다.

영미도 괜히 자신들까지 나타날 필요가 없다고 판단하고 강철한테 눈을 찡긋해서 신호를 보내고 소연 노파와 같이 떠나갔다.

강철은 영미 뜻을 알고 있지만 그래도 왠지 서운한 느낌이 들었다.

아무것도 모르는 지구에서.

아는 사람도 없는 이곳에서.

혼자 지구인들에게 둘러싸여 시선을 집중적으로 받고 있는데 모른 체하고 떠나가니 서운한 마음이 들기도 했다.

짝.

"억!"

강철의 품에 안긴 여인이 일어나서 강철의 뺨을 손바닥으로 인정사정없이 때렸다.

강철은 자기도 모르게 비명이 터졌다.

"……!?"

강철은 어이가 없어서 여인을 바라보았다.

"날 왜 살렸어요? 죽게 놔두지. 왜요, 왜요? 으앙……."

여인은 이제 23~25세 정도로 평범한 얼굴이었다.

"일단 자리를 옮깁시다!"

강철은 얼른 여인을 안고 몸을 날렸다.

"어…… 엇!"

여인은 화들짝 놀랐다.

마치 새가 날듯 자신은 안고 공중을 날아가고 있기 때문이다.

귓가로 바람이 횡횡 소리를 내며 지나갔다.

"우아! 사람이 아니라! 신이다!"

어느 노인이 소리쳤다.

"전에 TV에서 봤던 신이 제주도에 나타났다!"

사람들은 저마다 한마디씩 떠들었다

이미 강철의 모습은 보이지 않았다.

강철은 삼방산 자락에 조용한 곳으로 날아가 내렸다.

"자! 이제 왜 죽어야 하는지 말씀해 보시지요!"

강철이 여인을 내려놓고 말했다.

"당신은 누구세요? 정말 신인가요?"

여인이 초롱초롱한 눈으로 물었다.

방금 전 자살하려던 여인 같지 않았다.

물론 신기하고 놀랍고 해서 호기심이 생긴 것이었다.

"신이라. 고무신? 나막신? 귀신? 무슨 신?"

언제 나타났는지 영미가 생글생글 웃으며 물었다.

영미는 조금 떨어진 팽나무 위 3미터 높이 가지에 앉아있었다.

"족신이야. 제비족 신."

이번엔 여인 뒤쪽 멀구슬나무 2미터 높이 가지에 앉아있는 소연 노파가 말했다.

여인은 더욱 눈이 놀람으로 가득 찼다.

폴짝.

영미가 팽나무에서 뛰어내려 여인 앞으로 다가와서 쪼그리고 앉았다.

"죽으려고?"

영미가 여인 얼굴을 들여다보며 생글생글 웃는 얼굴로 물었다.

"네에!"

여인은 바로 대답했다.

"왜? 왜 죽으려고?"

영미가 다시 물었다.

"흑흑…… 사실은요!"

여인은 눈물을 흘리며 이야기를 시작했다.

추사 김정희 유배지.

삼방산 근처 조그만 마을.

공부는 뒷전이고 매일 불량배들과 어울려 다니며 술과 담배로 몸을 다 망치고 있는 고등학교 3학년 고영덕과 장은비는 고교 커플이다.

고영덕은 밀감밭 과수원집 아들이고 장은비는 해녀 신영애의 딸이다.

해녀 신영애는 장은비를 낳고 1년도 안 되어 남편과 사별하고 홀로 장은비를 키웠다.

장은비네 집은 너무도 가난했다.

장은비 언니 장윤비 때문이다

장윤비는 뺑소니 교통사고를 당해 식물인간 상태로 죽음을 기다리기 시작한 지 벌써 5년째다.

병원비로 있는 재산 다 날리고.

물질로 벌어들이는 돈 몇 푼 갖고서는 병원비도 충당이 안 되고 있었다.

고등학교를 졸업하고 바로 결혼을 하려고 했지만.

고영덕이 소가 뒷걸음치다가 뭘 한다고.

서울에 있는 h 대학교 치의과에 합격했다.

농어촌 특별 전형 덕을 본 결과였다.

고영덕 부모님은 장은비가 임신을 한 상태였으므로 약혼식을 올리고 대학교를 졸업한 후에 정식 결혼식을 올리기로 했다.

그런 상태로 장은비는 고영덕 부모 집에 들어가 살림을 맡아 생활하게 되었다. 단지 호적에 부부로 올리지만 않았지 부부나 다름없었다.

동네 사람들도 부부라는 것을 조금도 의심하지 않았다.

당연한 것으로 알았는데.

너무도 힘든 과수원 일을 돕다가 아기가 유산을 하게 되었고,

치의과에 다니면서 서울 아가씨를 사귀게 된 고영덕이 장은비를 멀리하면서 문제가 생기기 시작했다.

고영덕 부모님은 장은비 면전에서 서울 아가씨를 칭찬하고 장은비를 구박하기 일쑤였다.

그러다 고영덕 부모님이 어느 날 서울로 올라가 며칠 있다가 내려왔다.

알고 보니 고영덕과 서울 아가씨가 서울에서 결혼식을 올린 것이다.

장은비는 모든 사실을 알고 고영덕 부모님 집을 나와서 자살을 결심하게 된 것이다.

"뭐? 그런 고얀 놈이 다 있나?"

소연 노파가 이야기를 듣고 펄쩍 뛰며 화를 냈다.

"바보! 그렇다고 죽어? 복수라도 해야지!"

영미가 말했다.

"복수요?"

여인이 호기심을 갖고 물었다.

"내가 도와줄게!"

영미가 고개를 끄떡거리며 말했다.

"어떻게요?"

여인은 무의식적으로 다시 물었다.

믿을 수 없는 것이 아니라 방법을 묻는 것이다.

"우리들을 뭐라고 생각해?"

영미가 생글생글 웃는 얼굴로 장난스럽게 물었다.

"신 같아요."

여인은 정말 그렇게 생각이 들었다.

하늘을 날아다니는 것도 그렇고 왠지 신비스럽기까지 했던 것이다.

"그럼! 이건 어때?"

영미가 생글생글 웃더니 한 바퀴 돌았다.

"헉!"

여인은 기절할 정도로 놀랐다.

단지 빙그레 한 바퀴 몸을 돌렸을 뿐인데.

영미 모습은 없고.

여인과 똑같은 모습으로 변해 있었다.

"헉!"

놀라기는 강철이나 소연 노파도 마찬가지였다.

처음 보는 무예.

"이건 의문(醫門) 제3대 기예(奇藝) 중 한가지입니다!"

영미는 놀라는 소연 노파를 보고 설명을 했다.

"3대 기예라. 그럼 놀랄 일은 더 있다는 이야기군!"

소연 노파가 고개를 끄떡거렸다.

"킥킥……."

영미가 생글생글 웃으며 고개를 잠깐 숙였다가 다시 들었다.

"하하……."

소연 노파가 호탕하게 웃었다.

영미 모습이 소연 노파 모습으로 변했기 때문이다.

"설마! 저 여인 모습으로 그 고영덕인가 하는 녀석 부인 역을?"

강철이 어이가 없다는 표정으로 물었다.

"멍청하긴! 이름도 비슷한 언니 시집이나 보내고 혼인 신고를 하려면 고영덕으로 변해야 할 것 아냐!"

영미가 화가 잔뜩 난 표정으로 말했다.

늘 생글생글 웃던 영미 모습이었기에 강철이나 소연 노파는 무척 당황했다.

"아, 아니! 그게 아닌데!"

강철이 당황해서 말을 더듬을 때.

"아! 됐어! 시간이 없으니 얼른 작전이나 짜자!"

영미가 오른손을 들어 강철의 말을 막으며 얼른 말했다.

"작전?"

강철이 물었다.

"당연하지! 이제부터 난 고영덕으로 변해서 장윤비와 혼인 신고를 할 것이야!"

영미가 말했다.

"장윤비라니?"

소연 노파가 의아한 표정으로 물었다.

"그럼? 배신을 한 고영덕이 부인으로 장은비를 만들 수야 없죠! 어차피 죽어가는 언니 시집이나 보내줘야죠! 킥킥……."

영미가 다시 생글생글 웃는 모습으로 돌아왔다.

"아하! 그러니까 저 아이 언니와 고영덕이를 혼인 신고 한다고?"

소연 노파가 이제야 이해가 가는 표정이다.

"그렇죠!"

영미가 대답했다.

"하지만…… 어떻게?"

강철이 이해를 할 수 없다는 표정이다.

"의문(醫門)의 3대 기예 중 또 한 가지. 서류의 글을 마음대로 바꾼다! 킥킥……."

영미가 다시 생글생글 웃었다.

"그럼?"

여인이 뭔가 알겠다는 눈치다.

"그래! 처음엔 장은비로 혼인 신고를 하지만 그 서류가 작성이 완료된 후 읍사무실에 보관될 땐 장윤비로 변하는 것이지. 킥킥…… 고영덕이 자신이 직접 했다고 믿어야 하니까. 만약을 위해 언니와 강철 오빠는 고영덕이 현재 제주도 00호텔에 신혼여행의 마지막 밤을 보내고 내일 혼인 신고를 할 테니까. 오늘 낮부터 술에 취하게 만들어줘! 고영덕이 술에 취해서 자기도 모르게 혼인 신고를 한 것이니깐. 킥킥……."

영미가 말을 마치고 생글생글 웃었다.

"하하…… 술에 취하게 하는 것은 내 전문이지."

소연 노파가 호탕하게 웃었다.

"우린 확실한 증인이 필요하니까 이장을 동행하고 가도록 해!"

영미가 여인을 보고 말했다.

"아……! 알았어요!"

여인이 고개를 끄떡거렸다.

"자……! 그럼 행동 개시!"

영미가 말을 하면서 이미 여인을 옆구리에 끼고 하늘을 날기 시작했다.

"하하……!"

소연 노파도 강철과 함께 산을 가로질러 날아가기 시작했다.

고영덕은 제주도 신혼여행을 마치고 서울로 올라가기 전날 혼인 신고를 위해 대정 읍사무소로 향했다.

치의과에서 1년 후배 서울 아가씨를 만나 교제를 시작한 지 1년 만에 결혼을 했다.

장은비와는 상대도 안 되는 부자 집 외동딸이었다.

이름은 김도경.

고영덕과 김도경은 신혼부부답게 김도경의 오른손은 고영덕의 허리를 안고

고영덕의 왼손은 김도경의 허리를 안은 상태로 걷고 있었다.

읍사무소 앞마당에 들어선 두 부부는 남의 이목은 아랑곳하지 않고 서로 달콤한 키스까지 했다.

그렇게 서로 다정하게 읍사무소 직원 앞에 선 두 부부는 얼굴이 하얗게 변했다.

특히 김도경은 눈물을 뚝뚝 흘리며 대성통곡을 해야만 했다.

"이미 결혼을 하신 분이 이혼도 안 하고 다시 혼인 신고라니요?"

읍사무소 직원은 고영덕이 내민 혼인 신고서를 받아 확인 작업을 하더니 그렇게 말했다.

고영덕은 이미 1일 전에 장윤비와 혼인 신고가 돼 있었다.

"이게 어찌 된 일입니까?"

고영덕은 기막혀서 물었다.

"젊은 사람이 그럼 쓰나! 어제는 다른 아가씨와 혼인 신고를 하더니 오늘은 또 나른 아가씨와 혼인 신고라니……! 그럼 내일은 또 다른 아가씨 데리고 오려나?"

읍사무소 직원이 화를 내며 말했다.

"그게 무슨 말입니까? 전 어제 이 사람과 있었는데……!"

고영덕은 다시 항의를 했다.

"이 사람아! 어제 이장님 모시고 같이 왔잖아! 술에 잔뜩 취해서 왔더니 정신이 없나 보군!"

읍사무소 직원이 오히려 화를 냈다.

"제가 언제? 아무리 그래도 윤비는 환자인데?"

고영덕은 정신이 하나도 없었다.

"흠……! 그래! 어제 왔던 아가씨가 자넬 형부라고 불렀지 아마? 그래! 내가 똑똑히 들었어! 마누라가 환자라서 처제랑 왔었구면!"

읍사무소 직원이 어제 일을 떠올리며 말했다.

어제 장은비가 마지막에 읍사무소 직원이 듣게끔 고영덕으로 변한 영미를 보고 형부라 불렀던 것이다.

"내가… 언제! 으아……!"

고영덕은 미치고 팔딱 뛸 노릇이었다.

아무리 술에 취해 있었다 해도 그렇게까지 기억이 없을 리 없었다.

김도경은 읍사무소 바닥에 주저앉아 대성통곡을 했고

읍사무소 직원과 민원인들은 재미난 구경거리에 몰려들었다.

"킥킥……! 어때? 기분이 풀렸나?"

영미가 읍사무소가 내려다보이는 앞 건물 2층 식당 창가에 앉아 밥을 먹으며 맞은편에 앉아 읍사무소 광경을 바라보고 있는 장은비에게 물었다.

"고마워요! 이 은혜 어떻게……!"

장은비가 눈에 눈물을 글썽이며 말했다.

"아따 그 녀석……! 고마워 할 일은 더 있을 테니 나중에 해라."

소연 노파가 영미를 힐끗 보면서 장은비한테 말했다.

"네에?"

장은비가 영문을 몰라 어리둥절한 표정으로 물었다.

"네 언니 윤비 말이다. 아마 그냥 놔두고 가진 않을 것이야!"

소연 노파가 장은비에게 말을 하면서 영미를 바라보았다.

"킥킥…… 그럼! 명색이 醫門의 문주인데. 그리고 윤비가 빨리 죽으면 저놈! 고영덕이만 좋아지잖아. 살릴 수는 없어도 생명을 연장시키긴 해야지. 퇴원도 하고. 돈 들어가니깐."

영미가 생글생글 웃으며 말했다.

"한번 병원에 가보자!"

영미가 장은비를 보고 말했다.

"우리 다 같이 가보자꾸나!"

소연 노파가 말했다.

p 병원.

서귀포에선 그래도 유명한 병원이다.

308호실.

침대 위.

산소 호흡기에 목숨을 의지한 채 메마른 여인이 누워있었다.

장윤비.

모든 의식도 없이 그냥 호흡만 겨우 하고 있었다.

"흠! 살릴 수는 없겠어! 이미 뇌가 죽었어!"

영미가 장윤비를 살펴보고 말했다.

"그럼?"

소연 노파가 물었다.

"퇴원해서 스스로 호흡하며 한 5년은 살 수 있도록. 잘하면 고개를 움직이거나 말을 알아듣기도 하고. 그 정도."

영미가 말했다.

"그 정도가 어디야!"

소연 노파가 말을 하면서 장은비를 바라보았다.

"그럼요! 정말 그렇게만 돼도 감사해요!"

장은비는 금방 눈물을 뚝뚝 흘렸다.

"그럼 지금부터 약 1시간 동안 치료를 할 터이니 모두 밖으로 나가서 아무도 못 들어오게 해!"

영미가 말했다.

"알았다!"

소연 노파가 강철과 장은비에게 나가자는 눈짓을 보내며 병실 밖으로 나갔다.

"……!"

강철과 장은비는 이해할 수 없다는 표정이다.

"이놈아! 옷을 벗겨야 할 것 아니냐!"

소연 노파가 두 사람을 보며 답답하다는 듯 말했다.

"그래도 전 여자고 동생인데."

장은비가 자신은 남아도 되지 않느냐는 표정으로 말했다.

"醫門의 의술은 아무에게나 보여주지 않는다!"

소연 노파가 말했다.

"아!"

장은비가 얼른 알았다는 표정을 지으며 고개를 끄떡거렸다.

의문이 무엇인지.

궁금한 것도 많지만,

그냥 신이기에.

신들의 이야기가 그런 모양이다, 라고 생각해버린 장은비다.

지금은 무척 고마운 것만 알고 감사할 뿐이지 다른 생각은 할 여유가 없었다.

병실 문 앞을 지키며 왔다 갔다 하기를 1시간 정도.

병실 문이 열리며 영미가 들어오라는 손짓을 했다.

모두 우르르 병실 안으로 들어갔다.

"치료를 했다고 금방 좋아지는 것은 아냐! 지금은 산소 호흡기를 떼고도 호흡을 한다는 것과 눈을 뜨고 상대를 알아보는 정도라고나 할까! 킥킥…… 강철 오빠는 오빠 돈으로 퇴원 수속이나 해주고. 넌 언니 데리고 집으로 갈 준비나 해!"

영미가 강철과 장은비에게 말했다.

"감사합니다! 흑흑……."

장은비는 영미 앞에 무릎을 꿇고 앉아 고개를 숙이며 감사의 인사를 했다.

"으이그. 내가 못다 한 선조님 유지를 동생이 대신 해주고 있구먼."

소연 노파가 눈에 눈물을 글썽이며 말을 하면서 품속에서 뭔가를 꺼내 영미에게 줬다.

둥근 놋쇠로 된 마패였다.

"이, 이게?"

영미가 엉겁결에 받으며 물었다.

"100년 전 선조님 유지를 받들기 위해 내려오면서 들고 왔던 마패다! 이제부터 네가 그 유지를 받들어라!"

소연 노파가 말했다.

"하지만 그건 강철 오빠가……."

영미가 강철이 선조님 유지를 받들기 위해 내려왔다는 이야기를 하려고 했으나 중간에서 강철이 그 말을 잘랐다.

"그 마패를 갖은 사람이 우선으로 그 명을 받들어야 한다! 난 그 마패를 분실했던 시기라 명은 받았으나 자격은 없다! 이제 네가 그 자격을 갖게 된 것이다! 그리고 바로 이런 것이다. 이 시기에 마패 들고 돌아다니며 암행어사를 외칠 수도 없으니 이렇게 어려운 사람 돕는 것이 선조님들의 약속을 지키는 약속의 길이라 생각한다."

강철이 말을 하면서 품속에서 오래된 종이 두루마리를 꺼내 영미에게 줬다.

"이건?"

영미가 물었다.

"그건 교지다! 당시 마패와 함께 선조님께서 지녔던 명령서다! 이젠 네 것이다!"

강철은 영미에게 교지를 넘기고 병실 밖으로 얼른 사라졌다.

영미가 싫다고 할 것을 미리 예방하려는 것이다.

"치이. 이게 뭐야! 미성년자 보호도 모르나. 다들 나한테만 떠넘기고."

영미가 입을 삐쭉 내밀며 소연 노파를 바라보았다.

소연 노파는 얼른 고개를 돌리며 못 본 체하고 있었다.

"언니!"

영미가 소연 노파를 불렀다.

소연 노파는 못 들은 체했다.

"얼른 은비를 도와 윤비를 집으로 옮겨요."

영미가 뽀로통해서 소리쳤다.

"알겠습니다! 어사!"

소연 노파가 어른 대답하고 윤비 옷가지를 챙기기 시작했다.

"……!"

영문을 알 수 없는 장은비는 고개를 갸우뚱거리며 장윤비 물품을 챙기기 시작했다.

퇴원 준비를 하는 것이다.

신이 나타났다는 소문으로 인해 모든 기자와 호기심 많은 관광객들까지.

수없이 몰려드는 인파 속에 제주도는 즐거운 비명을 질렀다.

강철과 소연 노파는 한라산에 있었다.

윗새오름.

한라산 정상이 바로 눈앞에 보이는 곳.

윗새오름 산장.

까악!

까악!

새카맣게 몰려드는 까마귀들이 맑고 청명한 하늘을 온통 검은색으로 수놓고 있었다.

강철과 소연 노파는 나무 의자에 나란히 앉아서 컵라면을 먹고 있었다.

영미 모습은 보이지 않았다.

"후루룩. 쩝쩝……."

소연 노파는 요란하게 컵라면을 먹고 있었다.

"캬! 고것참! 맛있구나!"

소연 노파는 태어나서 생전 첨으로 컵라면을 맛보고 있었다.

"쳇! 뭐가 맛있다고. 나 참!"

강철은 혼자 중얼거리며 불평을 했다.

그 소리를 못 들을 소연 노파가 아니다.

"이놈! 버르장머리 없는 놈!"

소연 노파가 무섭게 강철을 노려보며 호통을 쳤다.

"헤헤…… 잘못했어요!"

강철은 얼른 소연 노파 비위를 맞춰주며 아양을 떨었다.

"앞으로 조심해!"

소연 노파가 화난 척 한마디하고 다시 컵라면을 맛있게 먹기 시작했다.

"무슨 약초가 있다고 혼자 산속에 돌아다닐까. 위험할 텐데."

강철이 혼자 중얼거렸다.

"이놈아! 너 같은 놈 만 명이 몰려와도 걱정 없는 내 동생을 걱정하는 것이냐?"

소연 노파가 강철을 보며 비아냥거렸다.

1시간 전.

앞으로 환자들을 만나면 치료할 약초를 구한다고 배낭 하나를 메고 영미 혼자서 한라산 숲속으로 들어간 것이다.

"아, 아닙니다! 제가 걱정하는 것은 할머니와 접니다! 헤헤……."

강철이 얼른 말을 바꾸며 헤픈 웃음으로 마무리했다.

그때.

"오빠!"

날카로운 목소리가 강철의 귀를 때렸다.

언제 나타났는가.

강철 앞에는 강희가 무척 화난 표정으로 서 있었다.

"강희야! 어떻게 찾아왔어?"

강철은 무척 반가운 표정으로 강희에게 달려가 강희 왼손을 두 손으로 잡았다.

"……!"

강희 모습을 본 소연 노파의 눈이 잠깐 반짝 빛났다.

"어떻게 그럴 수가 있어? 나만 떼어놓고 오빠 혼자?"

강희는 얼굴이 붉게 상기된 표정으로 따지듯 묻고 있었다.

"미안하다! 오빠가 납치돼서 어쩔 수 없었어!"

강철은 작은 소리로 강희에게 납치됐던 이야기를 했다.

단지 영미가 구해 준 사실부터는 빼고.

"그런 일이! 그럼 저분은?"

강희가 소연 노파를 발견하고 물었다.

"나는 네 고조 할미다!"

소연 노파가 집라면을 나 빅고 쓰레기봉투에 남으며 퉁넝스럽게 한마디 했다.

"……!"

강희는 영문을 모르겠다는 표정이다.

"100년 전에 실종되셨던 소연 할머니시다! 자세한 이야기는 나중에 해 줄게!"

강철이 강희 귀에다 입을 바싹대고 작은 소리로 말했다.

강철이 말을 하는 도중 강희 눈은 잠시 이채를 띠었다.

뭔가 알고 있는 듯.

"여시가 언제 왔지!"

언제 나타났는지 영미가 강희를 보고 비아냥거렸다.

"누, 누구야? 넌?"

강희가 영미가 어리게 보이자 반말을 했다.

짝.

영미 오른손바닥이 강희 얼굴을 때렸다.

"너? 이리 따라와!"

영미가 강희 오른손을 왼손으로 잡고 끌며 한쪽으로 데려갔다.

강희는 엉겁결에 강철과 소연 노파 표정을 살피며 영미를 따라 한쪽으로 갔다.

강철과 소연 노파는 모른 체 고개를 돌려 버렸다.

영미는 강희 귀에다 뭔가 이야기를 하고 있었다.

강희 표정은 수시로 변했다.

강희는 놀라는 표정으로 고개만 끄떡거리고 있었다.

잠시 이야기를 하던 영미는 다시 강희를 데리고 강철과 소연 노파 있는 곳으로 왔다.

"이건 이제부터 네가 메고 다니도록!"

영미는 등산 배낭을 벗어 강희에게 던져 주었다.

배낭은 뭐가 들었는지 반 정도 불룩했다.

"네! 고모님!"

강희가 얼른 대답하며 배낭을 받아 등에 메고 있었다.

"고, 모, 님?"

강철이 의아한 표정으로 물었다.

"그럼 언니라고 불러야 하나?"

영미가 생글생글 웃으며 장난스럽게 되물었다.

나이도 어린데 언니라고 부르면 되겠느냐고 묻는 것이다.

"아, 아닙니다! 어사님!"

강철이 얼른 공손한 자세로 대답했다.

"약초는 많이 구했어?"

소연 노파가 영미에게 물었다.

"중요한 것만 조금. 킥킥……."

영미가 대답을 하며 생글생글 웃었다.

"조금 전에 보니까 둘이서만 뭘 먹던데?"

영미가 강철을 보며 물었다.

"헤헤…… 얼른 사다 줄게!"

강철은 후다닥 산장 휴게소로 달려갔다.

"희야!"

영미가 강희를 불렀다.

"넵! 고모님!"

강희가 공손하게 대답했다.

"얼른 뛰어가서 물도 좀 갖고 오라고 해!"

영미가 소연 노파 옆에 털썩 앉으며 말했다.

"알겠습니다!"

강희가 대답과 동시에 산장 휴게소로 빠르게 뛰어갔다.

잠시 시간이 흐른 후.

강희는 물을 들고 혼자 돌아왔다.

"……?"

영미가 어떻게 된 영문이냐고 묻고 있었다.

표정으로.

"오빠가 안 보여요! 또 도망갔나 봐요."

강희가 울먹거리며 말했다.

"이년! 네가 빼돌린 게 아니고?"

소연 노파가 버럭 화를 내며 오른손을 들어 강희를 때리려는 자세를 취했다.

"잠깐만요!"

영미가 소연 노파 행동을 저지했다.

"이건 율선이 짓이에요! 내 이목을 속이고 오빠를 납치할 수 있는 사람은 율선이 뿐이거든요!"

영미가 말했다.

"율선이라니?"

소연 노파가 다급히 물었다.

"저와 같이 자암옥에 떨어져 그곳에서 무술을 배우고 혼자 탈출한 상인문의 고수에요. 감찰어사 시험도 같이 치르고요. 이름은 자율선이라고 해요."

영미가 말했다.

"그럼! 그놈도 대단한 놈이겠군! 그런데 왜?"

소연 노파가 다시 물었다.

"상인문의 최강자. 그도 오빠를 노리거든요!"

영미가 말을 하면서 벌떡 일어섰다.

"그럼 어떻게 하지?"

소연 노파도 따라 일어서며 물었다.

"쫓아가야죠!"

영미가 산장 휴게소 쪽으로 천천히 걸어가며 말했다.

"서둘러야 하지 않을까?"

소연 노파가 물었다.

"사람들 이목이 있어서 그도 천천히 이동할 거예요!"

영미가 생글생글 웃으며 말했다.

그런 영미 표정을 보며 소연 노파는 안심을 했다.

영미가 자신이 있다는 표정이기 때문이다.

소연 노파는 영미를 믿었다.

"넌 경거망동하지 말고 그냥 뒤만 따라와!"

소연 노파가 강희에게 말했다.

"네! 할머니!"

강희가 공손히 대답했다.

"어찌 보면 네가 가장 무서운 적이겠구나!"

소연 노파가 강희를 보며 혼자 중얼거리듯 작은 소리로 말했다.

강희는 그 말을 알아들은 것일까.

빙긋이 웃기만 하였다.

킁킁.

코를 벌름벌름 냄새를 맡던 영미 표정은 묘하게 변했다.

"왜 그러느냐?"

소연 노파가 영미 표정을 살피며 물었다.

"모두 숲속으로 향했는데 한둘이 아니에요!"

영미가 말했다.

"하나둘이 아니면?"

소연 노파가 물었다.

영미는 다시 코를 벌름벌름하며 윗새오름 남쪽 골짜기를 바라보았다.

"율선이 냄새에 정아 냄새까지. 흠…… 담비도 따라갔군!"

영미가 혼자 중얼거렸다.

"정아는 누구고? 담비는 누구냐?"

소연 노파가 물었다.

"정아는 비밀단 자객이구요. 담비는 할머니, 할아버지 두 분인데 제가 그렇게 불러요!"

영미가 생글생글 웃었다.

"할머니, 할아버지?"

소연 노파가 다시 물었다.

"킥킥…… 그리고 보니 언니 친구들이겠네!"

영미가 다시 생글생글 웃었다.

"엥? 내 친구라면? 혹시? 호목담군하고 가림비?"

소연 노파가 물었다.

"맞아요! 그 두 분을 전 담비라고 불러요!"

영미가 생글생글 웃는다.

"그 늙은이들이 아직 살아있다는 것이냐?"

소연 노파가 믿기지 않는 표정이다.

"네! 이제 127살씩 두 분 다 동갑내기 부부죠. 킥킥……"

영미가 다시 생글생글 웃었다.

"그들도 강철을 노린단 말이냐?"

소연 노파가 그럴 리 없다는 표정으로 물었다.

"아뇨! 강철 오빠 어머니가 그분들 손녀인데 아마도 강철 오빠를 보호하려고 오셨을 거예요."

영미가 말했다.

"그래! 그래야지! 그럼 안심이 되겠구나!"

소연 노파가 그들 실력을 믿는다는 표정이다.

"자율선 혼자라면 모를까. 누군가 무서운 자들이 따라갔어요! 3명인데 저도 장담할 수 없을 정도네요!"

영미가 암울한 표정을 지었다.

늘 생글생글 웃기만 하던 영미로서는 이런 모습은 처음이다.

"허!"

소연 노파가 영미 표정을 보며 믿을 수 없다는 듯 고개를 가로저었다.

"아마 정아가 데려온 자들 같아요! 한번 따라가 보죠! 아! 그보다 잠깐 다녀올 곳이 있어요. 잠깐이면 돼요. 그동안 싸우지 마시고 따라가기만 하세요."

영미 발걸음이 빨라졌다.

영미 일행은 사람들 이목을 벗어나 한적한 숲에 이르자 빠르게 날기 시작했다.

늘 허약하게만 보였던 강희도 빠르게 날아가고 있었다.

이미 자신의 정체를 영미에게 들킨 상황에서 더 이상 감출 수는 없었기 때문이다.

2033년 지구 이야기

더러운 물이 가득 고인 해안가 웅덩이.

살랑. 잔물결이 일었다. 분명히 바람도 없는데 물결이 움직이고 있었다. 자세히 안 보면 모를 정도로 미세하게 움직였다.

불쑥. 물속에서 총구가 하나 나타났다. 바로 그 순간 송곳 같은 물체가 물속으로 파고들었다.

"크윽!"

물속에서 비명이 터졌다.

"흐흐…… 호위는 모습을 드러내지 않는다."

비웃음이 가득한 말이 점점 멀어지듯 들렸다.

둥실.

더러운 웅덩이 속에서 검은색 복장을 한 시체가 떠올랐다.

바다에선 수민이 일행을 태운 어선이 부산항으로 서서히 들어오고 있었다.

부산항이 훤히 내려다보이는 고층 건물 옥상.

오래된 물탱크 속에서 검은 그림자가 움직였다. 검은 그림자는 둘이었다.

"왜? 갑자기 괴물박사가 아닌 탐정 w를 제거하라는 거지?"

검은 그림자 하나가 이해를 할 수 없다는 투로 다른 그림자에게 물었다.

"의뢰비 잔금을 지급하기 싫은 의뢰자들이 선택한 방법이지. 몰라서 묻나?"

"그것도 이해가 안 돼. 탐정 w가 의뢰비를 받나? 그 회사계좌로 들어가는데. 왜 탐정 w를 제거하라는 것인지 이치에 맞지가 않아."

"나도 그렇긴 한데. 우리야 그냥 지시만 받으면 되지. 그게 우리 ss 아니야?"

두 검은 그림자가 이야기를 나누고 있을 때. 갑자기 비웃음 소리가 들렸다.

"흐흐…… 살수 집단 ss 너희도 왔더냐?"

두 검은 그림자는 소스라치게 놀라 물통에서 뛰어나왔다. 아니 나왔다고 생각을 했을 뿐이다. 송곳 같은 물체가 이미 검은 두 그림자를 뚫고 지나간 후였다. 살수답게 비명도 지르지 않고 그대로 물통 속으로 떨어져 죽어버렸다.

"흐흐…… 탐정 w의 비밀 호위를 무시하지 마라."

목소리는 점점 멀어져갔다.

"호호호…… 저렇게 빠르고 강한 인간은 처음이야. 저자가 누군지 알아봐."

탐정w의 비밀 호위 행동을 지켜보던 처녀귀신 유유가 옆에 있던 더닝이란 제자에게 지시를 내렸다.

"네! 알겠습니다."

더닝은 즉시 대답을 하고 수민이 비밀 호위를 쫓기 시작했다.

"호호호…… 나는 용군과 함께 저들의 혼을 다 흡수해야겠다. 괴물 박사라고? 뭔가 살려두면 해가 될 것 같은 존재야. 47명의 소녀들도 그렇고. 오늘 혼천공을 많이 습득하게 생겼네. 호호호……."

두 검은 그림자들이 죽은 물통 옆으로 유유가 내려섰다. 그 옆에 용군도 내려섰다.

"키득…… 키득…… 야두리혁의 인조인간 주제에 지구에 와서 신이라는 호칭까지 얻은 가증스러운 16명 중 둘을 만났구나. 어쩐지 냄새가 나더라니."

갑자기 들려오는 비웃음에 유유와 용군은 고개를 돌렸다.

언제 나타났는가. 자신들 뒤에 어린 소녀가 생글생글 웃고 있었다. 영미다.

"넌? 누구냐?"

유유와 용군이 의아한 표정으로 물었다.

"해의연이란 별을 멸망시킨 야두리혁의 인조인간들. 너희들에게 심판을 하러 왔다."

영미가 여전히 생글생글 웃으며 말했다.

"네가 그럼? 그 유격대장? 으하하…… 도망쳤으면 잘 숨어 있어야지 죽으려고 나타났나?"

용군이 가소롭다는 듯이 웃었다. 허나 유유는 몹시 두려운 표정을 지었다.

"용군! 그가 아니다. 엄청 강한 상대다. 그분을 들먹이는 것도 그렇고. 도망쳐야 한다."

유유가 작은 소리로 부들부들 떨며 말했다.

허나 안타깝게도 용군은 그 소리를 듣지 못하고 영미를 공격하기 시작했다.

영미 입가에서 비웃음이 번졌다.

"야두리혁이 지구에서 만든 인조인간은 너희들보다 더욱 강하다. 너희는 구형이야. 고물이란 말이지."

말을 하던 영미가 귀찮은 표정으로 한 손을 휘휘 저었다. 헌데 보라. 영미를 공격하던 용군은 마치 한 줌의 재가 바람에 날리듯 허공에서 흩어지고 있었다.

"헉! 안 돼! 도망쳐야 해."

유유는 급히 허공으로 날아올랐다. 허나 유유 역시 바람에 흩어지고 있었다.

"해의연이란 별에서 야두리혁이 초기에 만든 인조인간들 이제 14명 남았다. 그들을 찾아 없애버리려면 시간이 많이 걸려. 이렇게 하면 한군데 모이겠지. 그럼 한 번에 제거하면 되니깐. 역시 영미님은 천재란 말이야. 키득…… 하찮은 것들이 지구에선 신 노릇을 한단 말이지. 웃겨."

영미가 혼자 중얼거리다가 수민이 비밀 호위란 자가 사라진 곳을 바라보며 입가에 미소를 띠었다.

"우리 조카님이 잘하고 있군! 더닝 그 인조인간은 조카님이 알아서 해."

영미가 마치 혼자 하는 말처럼 중얼거렸다.

"캬…… 캬…… 이모 고마워."

어디선가 소악녀 목소리가 들려왔다.

"헨리가 이젠 조카님을 사랑한다고 하던데. 어찌하려고 그런 장난을?"

영미가 말했다.

"캬캬…… 그게 그 아이를 치료하는 방법이야. 아무튼 이모는 그 아이를 나에게 맡겨둬."

소악녀 목소리가 영미 귓속으로 들려왔다.

"오! 그런 것이었어? 역시 우리 조카님은 의술은 최고야."

영미가 말했다.

"캬캬…… 이모 그럼 난 먹잇감 사냥 좀 할게."

소악녀 목소리가 점점 작아졌다.

지금까지 수민이를 비밀리에 호위를 했던 사람이 바로 소악녀였던 것이다.

헨리가 사랑에 빠진 사람이 영미의 어린 조카가 아닌 104살이나 된 할머니란 사실을 알면 헨리는 어떤 모습을 할까.

남쪽.

양지바른 곳.

가족 공동묘지.

200여 평 되는 잔디 위에 산소는 6개 밖에 없었다.

세상에.

이렇게 잘생긴 남자가 있을까.

마치 아름다운 여인처럼.

하얗고.

투명한 피부를 가진 남자.

이제 20세 정도 됐을까.

여장만 한다면 세상에서 가장 아름다운 여인일 것이다.

아래위 모두 검은 복장을 해서 더욱 하얗게 보이는 피부.

그 여리고 하얀 손에 강철이 목 뒷덜미를 잡힌 채 꼼짝 못 하고 서 있었다.

그 앞.

머리가 한 올도 없는 반들반들한 대머리에 어린 소년과 꼬부랑 할머니가 서 있었다.

"네놈이! 여기까지 와서 태자님을 해치려 하다니!"

대머리 소년이 두 눈을 부릅뜨고 아름다운 여인 같은 남자를 보며 호통을 치고 있었다.

"두 분 어르신께서 참견하실 필요 없을 텐데요?"

아름다운 여인 같은 남자가 퉁명스럽게 대꾸했다.

"칼칼…… 자율선! 네놈 팔다리를 몽땅 잘라버리기 전에 어서 태자님을 놓아 드려라!"

꼬부랑 할머니가 간드러진 웃음을 흘리며 말했다.

"호목담군, 가림비 어르신들! 두 분이 무서워서 피하는 것이 아니란 것을 아셔야죠."

자율선.

그 아름다운 남자가 비웃는 표정으로 말했다.

"이놈이!"

대머리 소년.

호목담군.

실제 나이가 127세지만 점점 어린 모습으로 변하고 있는 노인이다.

무섭게 자율선을 노려보며 호통과 함께 품속에서 오른손에 뭔가를 꺼내 들었다

너무도 작은.

성냥개비 크기의 검고 길쭉한 물건.

"헉! 흑풍……!"

호목담군 손바닥에 있는 검고 길쭉한 물건을 본 자율선이 소스라치게 놀라며 온몸을 부르르 떨었다.

흑풍.

호목담군의 5대 무기 중 서열 2위에 있는 공포의 무기로서

한번 발사하면 상대를 완전히 죽일 때까지 어디든 따라가며 스스로 공격을 한다는 지능이 뛰어난 무기다.

호목담군에겐 흑풍이 모두 3개가 있는데.

2개는 이미 사용하고 한 개가 남은 것으로 알려졌다.

"그래도 보는 눈은 있구나! 발사하기 전에 어서 태자님을 놓아드려라!"

호목담군은 의기양양하게 말했다.

자율선은 눈을 이리저리 굴리며 잠시 머뭇거렸다.

"이것도 사용해줄까?"

꼬부랑 할머니.

가림비가 품속에서 하얀 천 조각 같은 명함 크기의 물건을 오른손에 꺼내 들었다.

"헉! 사독탄!"

자율선은 다시 공포에 가득한 눈으로 가림비 손바닥을 보며 부르르 떨었다.

사독탄.

가림비의 단 두 개의 무기 중 하나로 발사하면 상대를 끝까지 추격해서 몸에 부딪혀 터지면서 공포의 독연을 터뜨리는 무기.

가림비 외엔 해독이 거의 불가능한 것으로 알려졌으며 사독탄에 맞은 사람은 1시간 안에 죽게 되는 무기다.

"이제 무서움을 알겠지? 어서 태자님을 내려놓고 조용히 꺼져라!"

꼬부랑 할머니 가림비가 비웃음을 흘리며 말했다.

"하하하……."

자율선이 갑자기 호탕하게 웃었다.

"이놈이……!"

호목담군이 무섭게 자율선을 노려보며 오른손을 번쩍 치켜들었다.

"호목담군. 가림비. 두 분! 그 무기를 발사하면 태자가 먼저 죽을 것이요!"

자율선이 강철을 방패 삼아 자신의 앞에 세우며 의기양양하게 말했다.

"두 분 무공과 무기는 무서운 줄 알지만 태자가 제 손에 있는 이상 경거망동은 못 할 것입니다! 푸하하하……."

자율선을 다시 어깨를 으쓱하며 의기양양하게 소리쳤다.

"이놈이!"

호목담군과 가림비는 호통만 쳤지 무기를 발사할 수 없었다.

자율선의 오른손에 가위 같은 무기가 강철의 목에 닿아 있었기 때문이다.

자율선의 37가지 무기 중 하나로서 주인의 명을 반드시 이행한다는 로봇 가위다.

자율선은 걸어 다니는 무기고라고 부르듯 그의 몸엔 37가지 각양각색의 무기를 지니고 있다.

모두 최신형으로 지능을 갖춘 로봇형 무기들이다.

"푸하하하…… 한 발짝이라도 따라오면 즉시 강철을 죽일 것입니다!"

자율선은 호목담군과 가림비가 무기 발사를 못 하고 머뭇거리자 의기양양해서 큰 소리로 말했다.

"이놈이……!"

호목담군과 가림비는 어쩔 줄 몰라 발만 동동 구르고 있었다.

그때였다.

"호호호…… 그놈! 어서 죽이면 되지 무슨 말이 그리 많으냐? 우리가 죽여줄까?"

소름 끼치는 웃음소리와 함께 4명이 자율선을 포위하듯 날아내렸다.

정아와 30대 남자들 3명.

"허억……!"

그들을 바라보던 자율선과 호목담군, 가림비가 동시에 놀라고 있었다.

"정아가 데리고 온 저들은 누구인가. 무서운 상대다!"

자율선과 호목담군은 물론 가림비 역시 동시에 느끼는 생각이었다.

휘잉.

가벼운 바람이 공동묘지를 스치고 지나갔다.

잠깐 동안 그 누구도 입을 열지 않았다.

서로 표정을 살피며 경계만 하고 있을 뿐.

"우린 그놈을 뺏을 생각도 없다! 그냥 즉시 죽일 뿐!"

한참 만에 처음으로 입을 연 것은 정아였다.

"태자님을 해치면 너의 씨족은 몰살당하리라!"

가림비가 호통을 쳤다.

아니 어찌 보면 강철을 죽이지 말라는 협박이었지만,

그것은 자신들의 능력으로 강철을 지킬 수 없다는 것을 시인하는 것이었다.

"흐흐흐…… 늙은이들을 죽일 생각은 없다! 우린 태자만 죽이면 된다!"

30대 남자 1명이 징그럽게 웃으며 오른손을 번쩍 들었다.

동시에 정아 옆에 있던 30대 남자 둘이 강철을 향해 두 손을 내밀었다.

그들 양손에는 권총이 들려 있었다.

보통 권총은 아니었다.

츠츠츠……

그들 손에 들린 권총에서 파란빛이 일직선으로 뻗어 강철을 향해 날아갔다.

그러나

자율선은 이미 강철을 옆구리에 끼고 연기처럼 사라지고 말았다.

푸시식……

피린 팽신은 공동묘지 들딤징빈 쓰지머 뜰을 빈시토 만들어 바람에 흩어지게 하고 말았다.

"쫓아라!"

정아가 소리쳤다.

멀리 나무 사이로 검은 그림자가 빠르게 날아가는 것이 보였다.

정아와 30대 남자 셋은 쏜살같이 뒤쫓기 시작했다.

호목담군과 가림비 모습은 언제 사라졌는지 보이지 않았다.

"킥킥……"

높은 팽나무 위에서 영미가 생글생글 웃고 있었다.

"왜 웃어?"

영미 옆에서 소연 노파가 물었다.

"자율선의 그림자 경공법이거든요."

영미가 말했다.

"그림자 경공?"

소연 노파가 영문을 모르겠다는 표정이다.

"실제 도망은 우측으로 갔지만 그림자는 좌측으로 가지요. 그래서 지금 모두들 그림자를 쫓아간 것이고요!"

영미가 재미있다는 듯 생글생글 웃었다.

"그런 경공도 있어요?"

옆 나무 위에서 강희가 물었다.

"그럼! 있지! 자율선은 경공은 천하제일이야! 아무도 따라가지 못해! 지금은 그림자가 1개뿐이지만, 6개까지 만들거든. 헷갈려서 아무도 못 쫓아가!"

영미가 다시 생글생글 웃었다.

"고모님도?"

강희가 영미도 자율선을 못 쫓아가느냐고 묻는 것이었다.

"응! 나도 못 따라가!"

영미가 조금 심각한 표정으로 말했다.

"그럼 큰일이구나!"

소연 노파가 걱정스러운 표정으로 말했다.

"자율선은 강철 오빠를 바로 죽이지는 않을 것이에요. 천천히 쫓아 가면 돼요! 문제는 야두리혁의 신형 인조인간들 3명인데, 저들을 어떻게 정아가 데리고 왔지. 다행히 상급은 아닌 것 같고."

영미가 생글생글 웃는 표정으로 말했다.

"어떻게? 이미 어디로 갔는지도 모르는데? 그리고 야두리혁의 인조 인간이란 말이야? 저 3명이?"

소연 노파가 급히 물었다.

"네! 틀림없어요. 다행인 것은 최상급은 아닌 것 같네요."

영미가 대답했다.

"그리고 전 냄새만 맡아도 자율선이 어디 있는지 전 알아요. 킥 킥……"

영미가 다시 웃으며 말했다.

"냄새요? 어떻게 그럴 수가?"

강희가 믿지 못하겠다는 표정이다.

"킥킥…… 자율선과 난 자암옥(磁巖獄) 출신이거든."

영미가 말했다.

"자암옥이라니요?"

강희가 다시 물었다.

"천국성의 악인들을 가두는 감옥이란다."

소연 노파가 대신 대답했다.

"감옥요?"

강희가 화들짝 놀라 소리쳤다.

영미 같은 소녀가 그런 감옥 출신이라는 것이 믿을 수 없다는 표정 이다.

소연 노파 역시 같은 표정으로 영미를 바라보았다.

"킥킥…… 자율선과 난 어릴 때 무척 가까운 친구였어. 나이는 자율 선이 많지만 그냥 우린 친구였어."

영미가 파란 하늘에 하얀 구름이 흘러가는 모습을 올려다보며 눈시울을 적시고 있었다.

영미의 추억이었다.
영미의 이야기는 계속되었다.

"

무공이란 것은
인간의 지능이 200은 돼야 익힐 수가 있어.
술과 담배, 마약 같은 것들에 찌들어
인간들의 지능이 낮아져서 무공은
과거 이야기로 생각하는 것이야.

"

제8장

자암옥

자암옥.

자석으로 이루어진 바위로 된 지하 감옥.

강력한 자석으로 이루어진 까닭에 쇠붙이는 가지고 들어갈 수가 없다.

한번 들어가면 절대 나올 수 없는 감옥.

무조건 악인이라고 다 들어갈 수는 없다.

들어가는 입구가 수직으로 된 동굴이라서 무술 고수가 아니면 들어갈 수가 없다.

이유는 일반인은 떨어지면 어육이 되므로······

무술 고수만 집어 던진다.

수직으로 된 동굴 깊이가 무려 80여 미터.

그런 이유로 천국성 최고 고수들만 가두는 감옥이다.

400여 년.

감옥이 생긴 이후

자암옥에 떨어진 악인은 겨우 43명.

4살 영미가 자율선과 함께 자암옥에 떨어져 무신 심주덕과 자암옥 악인들의 공동 제자가 된 후 8년이란 시간이 흘렀다.

영미의 나이 12살이 되었다.

공동 사부들의 모든 무공과 기술을 하나도 빠짐없이 다 배운 것이다.

특히 무신 심주덕과 비마 자량후민은 200여 년간 심혈을 기울인 체력까지 영미에게 전해줬다.

12살, 어린 영미의 체력은 500년 이상 단련한 막강한 내공(아이큐 300 이상의 초능력적인 인간들만 가능한 힘)을 갖게 되었다.

무신 심주덕과 비마 자량후민의 내공 400년에 공동 사부들이 몇십 년 내공을 조금씩 보태주어서 그런 결과가 되었다.

그러나

그 정도 내공과 무공으로도 자암옥 탈출은 불가능했다.

80여 미터 매끈한 절벽을 오른다 하여도 악인들 탈출을 막기 위한 치안국의 공격이 엄청났다.

물론 자암옥이라 쇠붙이로 된 하늘을 나는 장치는 자력 때문에 사용이 불가능하므로 인간의 순수한 경공으로는 오를 수가 없었다.

"난……! 언제 밖으로 나갈 수 있을까!"

영미는 복숭아나무 밑에 누워서 혼자 중얼거렸다.

"나갈 수 있으면 우리들이 아직도 이렇게 있겠니?"

영미의 중얼거림을 들은 것일까.

10여 미터 떨어진 채소밭에서 상추를 뜯던 청살지 박우혜가 말했다.

"사부님! 전 반드시 나갈 거예요!"

영미가 박우혜를 바라보며 말했다.

"그래야지! 그럼! 이진함이 경공을 배울 수만 있다면 그래도 쉬울 텐데…… 여자 몸으론 불가능해서 쯧쯧……."

박우혜가 상추 뜯던 손을 잠시 멈추고 영미를 안타까운 듯 바라보았다.

"킥킥…… 그럼 다른 걸 배우면 되지……."

영미가 뭔가 생각난 듯 벌떡 일어섰다.

"다른 거라니?"

박우혜가 의아한 표정으로 물었다.

"동굴을 돌아다녀 보면 해골만 있는 게 아니에요! 무공 책들도 있더라고요! 심심한데 이것저것 모두 읽어 보려고요! 킥킥……."

영미가 생글생글 웃었다.

"좋은 생각이다!"

박우혜가 고개를 끄덕이며 말했다.

자암옥에서 영미 친구는 없었다. 있어 봐야 모두 100살이 다 되거나 넘은 노인들뿐이다.

그런 곳에서 영미가 뭔가 흥미 거리를 찾는 것은 바람직한 것이라 생각을 한 박우혜었다.

"녀석! 무술 하나는 천부적인 녀석이야! 너무 빨리 배우니까 사부들이 심심풀이가 사라져서 아쉽지만 말이야!"

언제 나타났는가.

깡마르고 해골만 남은 얼굴이 검버섯으로 가득한 남자가 말했다.

"무신 사부님!"

영미가 쪼르르 달려가 두 팔을 벌리고 있는 남자 품으로 뛰어들었다.

"허허…… 녀석!"

무신 심주덕.

탱탱하던 얼굴이 영미에게 200여 년 내공을 몽땅 주고부터 이렇게 빨리 늙어가고 있었다.

"무신 사부님!"

영미가 심주덕의 뺨에 뽀뽀를 하며 불렀다.

"왜?"

심주덕이 다정한 표정으로 물었다.

"다른 동굴에 무술 책들이 있던데 아무거나 배워도 되죠?"

영미가 초롱초롱한 눈으로 심주덕의 눈을 바라보며 물었다.

"아니다! 아무거나 배워선 안 되고 네가 배우고 싶은 것을 갖고 와서 나한테 허락을 받아야하느니라! 왜냐하면 무술도 배울 것이 있고 배우면 안 되는 것이 있기 때문이다."

심주덕이 박우혜를 힐끗 보며 동의를 구하는 표정을 지었다.

박우혜가 눈웃음으로 허락을 했다.

무술 실력을 떠나 우선 영미의 제1사부는 박우혜이기에 그랬다.

"네! 무신 사부님!"

영미는 무신 심주덕의 뺨에 뽀뽀를 하고 폴짝 품에서 뛰어내렸다.

영미는 곧바로 벽에 뚫린 동굴 속으로 사라졌다.

"허허…… 무신이란 별호도 이젠 저 아이에게 넘겨줘야 할 것 같소이다!"

심주덕이 박우혜를 보고 말했다.

"네! 저 아이 정말 무섭게 자라고 있어요!"

박우혜가 눈웃음을 치며 말했다.

2033년 지구 이야기

인간들이 신이라 부르는 자들 중 우두머리들이 한자리에 모였다.

보군, 영후, 병제. 그들 셋이었다. 인간들은 그들을 이렇게 불렀다.

산신령(보군), 염라대왕(영후), 옥황상제(병제). 그들은 지구인들이 그렇게 부르지만 야두리혁이 인조인간 개발 과정에서 만들어 버린 실패작에 불과했다.

그들은 지금 심각한 표정으로 모여 있었다.

"유유와 용군이 사라졌습니다. 더닝도 죽은 시체로 발견됐고요. 그들을 그렇게 간단히 재로 만들 수 있는 사람은 그분뿐입니다."

보군이 말했다.

보군이 말 한 그분이란 야두리혁을 지칭하는 말이다.

"그럴 리가? 절대 그분은 아니다. 그분이 우릴 없앨 리 없어. 다른 적이 나타났다고 봐야 한다."

병제가 말했다. 같은 고물 인조인간이라도 병제가 모두의 우두머리였다.

"다른 적이라 함은 혹시 그 유격대장을 염두에 두고 하시는 말씀이요?"

영후가 물었다.

"아니요. 제3의 인물입니다. 우리가 모르는 무서운 적입니다. 전체모임을 갖고 대책을 세워야 할 것 같습니다. 특히 더닝, 그 아이는 온몸에 피가 한 방울도 없었고요. 혼천기도 그의 몸속에 깊숙이 박혀 있었습니다. 우리들 무기를 알고 있다는 것입니다."

병제가 말했다.

"그럼 모두에게 모이라고 연락을 하겠습니다."

보군이 꾸뻑 인사를 하고 일어서서 어디론가 떠나갔다.

"그럼 우리도 대책을 세우러 가야지요."

병제가 일어서서 걸어가자 영후도 일어서서 반대 방향으로 사라졌다.

주인공 이야기

영미는 어느 동굴을 돌아다니고 있었다.

이미 품엔 한 아름 무술 책들이 들려져 있었다.

"전에도 왔었지만, 이 동굴은 이상해. 오늘은 반드시 그 비밀을 밝히고 말겠어!"

영미는 혼자 중얼거리며 동굴 벽면을 세밀하게 손으로 더듬으며 살피기 시작했다.

"다른 벽면과 뭔가 틀려."

영미는 손으로 더듬다가 톡톡 두드려 보기도 하면서 중얼거렸다.

"자연적으로 이루어진 벽면이 아니야. 뭔가 인공적인 흔적이 있어."

영미는 동굴 이곳저곳을 세밀히 살피고 있었다.

"흠……."

영미는 도무지 모르겠다는 듯 고개를 흔들었다.

영미는 안고 있던 무술 책들을 바닥에 내려놓고 그 위에 올라서서 높은 곳을 살피기 시작했다.

텅텅.

"……!"

영미가 벽면을 두드리자 속이 빈 듯 소리가 울리는 것이 아닌가.

"이곳이군!"

영미가 손바닥에 힘을 주어 벽면을 '탁' 쳤다.

쾅……

푸르르륵.

벽면이 부서지며 사각형 작은 공간이 나타났다.

"여기 있다!"

영미가 환호성을 터뜨렸다.

영미 손에는 두 권의 책이 들려 있었다.

사각형 벽면에서 나온 것이다.

영미는 동굴 바닥에 털썩 주저앉아 책을 살펴보았다.

천국의서(天國醫書)

책장에는 이렇게 쓰여 있었다.

"의서네!"

영미가 호기심을 갖고 열심히 읽기 시작했다.

"호오…… 독신 사부님 치료법이랑 틀리다!"

영미가 책장을 빠르게 넘기더니 책을 내려놓고 중얼거렸다.

"이건……!"

또 하나의 책을 집어 들던 영미 눈에 이채가 발했다.

무형수(無形手)

책 겉장에는 이렇게 쓰여 있었다.

"와! 하나 건졌다!"

영미가 탄성을 질렀다.

영미는 책장을 빠르게 넘기기 시작했다.

"흠……! 형태도 없이 상대를 가격한다. 손은 무형이요, 움직임도 무형이라. 보이지 않으니 피할 수 없다."

영미가 중얼거렸다.

"흥미 있는 무기다. 한 사람만 보라고. 흠……! 제자를 한 사람만 두겠다는 뜻이네. 어쩌지."

영미가 뭔가 고민을 하는 눈치다.

책 마지막 장에는 이렇게 쓰여 있었다.

이 무기 기술은 한 사람에게만 전한다.

혼자 읽고 다 기억했으면 책을 태워버려라.

영미가 고민하는 이유가 바로 그것이다.

무신 심주덕에게 들고 가서 허락을 받아야하는데.

책을 태우라니.

"킥킥…… 태우고 나서 말로 허락을 받아야지. 그래도 고인의 뜻인데."

영미 손끝에서 팍 하고 불이 생겼다.

순식간에 손에 들고 있던 책은 재로 변했다.

12살 어린 아이의 능력이라고는 믿기 힘든 장면이었다.

더욱 놀라운 것은

영미가 벌써 무형수 무기 기술을 다 기억했다는 것이다.

"킥킥…… 한개는 비밀을 밝혔다! 이제 6개 남았다."

영미가 바닥에 내려놓았던 무기와 기술 책들을 안고 일어섰다.

그런데 6개 남았다는 말은……?

영미가 이상하다고 느낀 동굴이 모두 7개.

그중 1개의 비밀을 밝혔으니 이제 6개 남았다는 것이다.

영미는 콧노래를 부르며 무신 심주덕에게로 달려갔다.

"이건 의신(醫神) 자하령의 의서다!"

무신 심주덕이 영미가 들고 온 천국의서를 보고 설명했다.

의신 자하령.

무신 심주덕이 자암옥에 떨어져 살생을 했으나 심주덕의 손에서 살아남은 8명 중 1명.

의신 자하령을 천국성 남자들은 이렇게 부른다.

천상천하 제일미녀.

특별하게 나쁜 짓을 한 것은 없으나 단지 그 미모 때문에 자암옥으로 떨어진 가여운 여인.

醫門 제4대 문주로 내정되었던 여인.

어찌 보면 의문 4대 문주 자리를 놓고 암투에서 밀려난 불운의 여인이기도 했다.

자하령을 서로 차지하기 위해 서로 죽이고 죽는 살육전으로 천국성 남자들 100여 명이 죽은 것으로 소문이 났다.

자기들끼리 싸우고 죽고 죽이는 살육전으로 모든 죄를 뒤집어쓰고 치안국에 잡혀 자암옥에 떨어지기 전까지 자하령은 본의 아니게 무형수란 무기 기술로 20여 명을 죽였다.

아쉽게도 의문의 최고 무기였던 무형수는 자하령이 자암옥에 떨어지면서 함께 실종됐다.

이유는 의문 문주에게만 전해지는 무기와 기술이기에 자하령 혼자만 알고 있었기 때문이다.

의문의 문주 자격은 오로지 무형수와 그 기술을 익혀야 한다.

"녀석 잘했다! 고인의 뜻은 물론이고 반드시 선조님들로부터 지켜져 왔던 규칙이기에 무형수는 갖고 기술 책은 태우길 잘한 것이다!"

심주덕은 영미를 두 손으로 번쩍 들어 볼에 뽀뽀를 했다.

"나머지 책들은 어때요?"

영미가 심주덕에게 물었다.

한 아름 안고 온 무공 책들을 말하는 것이다.

배워도 되겠느냐고 묻는 것이다.

"요건 배우고 이건 안 되고."

심주덕은 책들을 하나하나 꼼꼼히 살피며 분류하고 있었다.

"아함!"

영미가 하품을 길게 했다.

지루하다는 것이다.

심주덕이 무공 책을 읽어보며 분류하는 속도가 너무 느리기 때문이다.

"요 녀석! 그럼 다시 모아와라! 그동안 골라 놓을 테니! 내가 너처럼 천재인 줄 아니? 한 권 읽으려면 하루 종일 걸리는데…… 허허……."

심주덕이 영미를 바라보며 웃었다.

영미는 심주덕의 품에서 벗어나 일어섰다.

"그럼! 다른 동굴 구경 갔다 올게요!"

영미는 생글생글 웃으며 밖으로 사라졌다.

"젠장……! 내가 무슨 무신이야. 조 녀석이 무신이지. 난 한 달은 읽어야 기억하는데 조 녀석은 1분도 안 걸린다니, 이게 말이 되나. 무신 자리를 물려주고 의신, 독신 모두 저 녀석 영미 것이겠군. 허허…… 말년에 그래도 난 복이 많은 게야. 저런 제자를 둔 것이 얼마나 큰 행복이냔 말이야. 허허……."

무신 심주덕은 호탕하게 웃었다.

너무도 행복한 표정으로.

동굴 벽면이 전체가 번쩍번쩍 빛났다.

보석으로 이루어진 벽면.

영미는 그 동굴 속에 있었다.

"유일하게 자력이 없는 곳이다! 이곳 동굴이 발명왕이라는 박민의 동굴이라고 들었다. 잘 찾아보면 반드시 뭔가 나올 것이다!"

영미는 혼자 중얼거리며 열심히 벽면을 살피기 시작했다.

"먼젓번 의신 동굴은 내 키보다 높은 곳에 이중으로 벽을 설치하고 숨겨두었다. 여긴 발명왕이니 다른 기발한 아이디어로 숨겼을 것이다! 오늘 영미가 기필코 찾을 것이다!"

영미는 결의에 찬 표정으로 벽면이나 바닥, 천장을 세밀히 살폈다.

다이아몬드형 흑수정으로 벽과 바닥, 천장이 마치 타일 붙이듯 인공으로 만들어져 있었다.

군데군데 사이로 작은 야명주까지 박혀 있었다.

동굴은 번쩍번쩍 빛나며 영미 모습을 수천 개로 만들어 거울처럼 비추고 있었다.

"정말이지 발명왕답거든. 흑수정이 자력을 차단한다는 것을 발견한 것도 그렇고, 야명주가 빛을 발하면 자력을 더욱 효과적으로 차단한다고 했다. 그렇다 해도 자력을 차단하기 위한 방법으로만 시공됐다고 볼 수 없다. 뭔가 이유가 또 있을 것이다."

영미는 골똘히 생각을 하며 벽과 천장, 바닥 흑수정 숫자를 헤아려 보기 시작했다.

"흠……! 전에도 흑수정 개수가 34개가 뜻하는 것이 자암옥에 떨어진 죄수 숫자와 같다는 것은 알았다. 야명주는 8개는 무신 사부님이 죽인 26명을 뺀 숫자와 같다."

영미는 고개를 설레설레 흔들며 뭔가 안 풀린다는 표정을 지었다.

"그렇다면……!"

영미가 뭔가 생각이 난 듯 다시 흑수정을 살펴보기 시작했다.

"발명왕이 죽기 직전 자암옥에 살아있던 죄수들 숫자는 5명이 더 들어오고 1명이 죽었다고 했다. 12명이 살아 있었다. 흠……! 이것도 아닌데…… 킥킥…… 헛고생했다!"

영미가 생글생글 웃었다.

"흠…… 그래 이거다. 죽은 한 사람. 발명왕이 사랑했던 자하령. 자하령의 생일이 7월 11일. 가로로 7번째 세로로 11번째. 저 흑수정이다!"

영미는 얼른 흑수정을 향해 손바닥을 펼쳐 강하게 쳤다.

탁.
푸시시.

흑수정이 재로 변하며 흑수정 크기 반 정도 되는 사각 상자가 나타 났다.

"킥킥…… 역시 영미는 천재란 말이야! 킥킥……."

영미는 생글생글 웃으며 상자를 열었다.

상자에는 달랑 편지 한 장이 있었다.

"엥……! 달랑 편지 한 장……!"

영미가 실망스러운 표정으로 편지를 집으려고 상자에 손을 넣었다.

"……!"

영미는 상자에 손을 넣다가 흠칫했다.

"뭐지……! 보이지는 않지만 뭔가 잡힌다……!"

영미는 상자 안에서 뭔가 손에 잡히는 느낌을 받았다.

영미는 우선 편지를 꺼내 읽기 시작했다.

나보다 먼저 간 자하령에게 이 옷을 바친다.

이 옷 이름은 無體라 한다.

무체는 세 가지로 이루어진다.

내상을 보호하고 만병을 방어하는 무체는 이미 이곳에 들어오기 전에 만들어 감찰어사에게 줬다. 또한 머리와 손발을 보호하는 흡수하는 무체는 제일 처음으로 만들었지만 분실됐다. 마지막으로 여기서 옷을 만들었으니 이것은 최고의 작품이다. 무체에 그대의 손바닥을 대면 무체가 그대를 선택하게 되면 스스로 그대 몸에 착용될 것이고 무체가 그대를 거부하면 아무리 강제로 입으려 해도 안 될 것이다. 허나 무체는 그대를 기다렸으니 반드시 그대를 선택할 것이다. 독은 물론이고 물과 불 또한 어떠한 무기로도 몸을 상하게 하지 못한다.

완벽한 옷이다.

내가 사랑했던 여인 자하령의 생일을 기억하는 후인이여 부디 감사한 마음으로 입길 바란다.

또한 나머지 두 가지 무체를 다 찾아 착용해야만 그 효과가 최고로 발한다는 것을 명심하고 반드시 찾아 착용하길 바란다.

상자에 나의 무기와 기술이 적혀 있으니 열심히 배워라.

"킥킥…… 전설의 보물이라던 무체가 발명왕이 만든 것이었군! 어디 입어볼까."

영미는 상자에 손을 올리고 조용히 눈을 감았다. 투명한 옷이 살아 움직이듯 영미 몸과 하나가 되기 시작했다.

팍.

상자에 보이지 않던 옷이 흡수되자 깨알 같은 글이 상자에 나타났다.

백원탄(白圓彈)

상자를 파괴하면 백원탄이란 무기가 나타난다.

그 무기를 사용하는 기술이다.

백원탄은 주인의 마음을 읽고 움직이니 무기 중 으뜸이라.

백원탄은 어떠한 무기로도 파괴하지 못하니 최강의 무기니라.

온통 백원탄이라는 무기에 대한 자랑이 줄줄이 이어지고 그 밑에 사용법이 적혀 있었다.

글을 다 읽고 영미는 상자를 두 손바닥 사이에 들고 힘을 주입했다.

팍.

상자가 재로 변하며 둥글고 하얀 조그만 쇠붙이가 나타났다.

영미는 그 무기를 손에 집어 들었다.

팍.

무기는 순식간에 사라졌다.

"헉……! 그것참……! 정말 마음을 읽고 몸속으로 사라졌네. 킥킥…… 자력에 견디는 무기이므로 쇠는 아닐 것이다. 아무튼 영미는 오늘 복 터졌네. 킥킥…… 무기에, 무체에, 킥킥. 요건 사부님들께도 비밀로 해야지."

영미.

14살 어린 소녀는 혼자만의 비밀을 갖기 시작했다.

"다음은 수황의 동굴이다!"

영미는 흑수정 동굴을 나와 건너편으로 바람처럼 쏘아갔다.

수황 이초.

물속은 나의 세상.

물속에서는 최강의 인물.

그가 물속에 들어가면 그가 바로 황제다.

물고기들을 자유자재로 움직이고 물의 흐름까지 자유자재로 바꾸어 놓는 신기의 인물.

자암옥 최고참이라고나 할까.

자암옥에 최초로 들어온 인물이다.

그의 나이 306살에 죽었다 한다.

그가 자암옥에 들어온 이유는 물고기들을 보호하다가 생긴 일이었다.

어부들이 아무리 잡으려 해도 수황 이초가 물속에서 물고기들을 조종하니 잡힐 리 만무했다.

화가 난 어부들이 이초를 공격했고 그 전투에서 어부들과 문파 고수들이 수없이 죽었다.

유일하게 수황 이초가 죽인 사람 수는 기록되질 않았다.

전해지는 말에 의하면 무신보다 많을 것이라는 이야기도 있지만,

정확한 기록은 아니다.

수황 이초의 동굴에는 연못이 있다.

이초가 손으로 암석을 파서 만들었다고 전해진다.

그런데 그 연못 깊이가 끝이 안 보일 정도다.

영미가 수황 이초의 무공 책은 분명 연못 속에 있을 것이라는 것을 알지만 아직 꺼내지 못한 이유가 연못 깊이 때문이다.

영미는 수황 이초의 동굴에 들어서자마자 바로 연못 속으로 뛰어들어갔다.

"무체의 신비를 믿고 들어가 보자!"

영미가 연못으로 들어가며 남긴 말이다.

연못 깊이는 무려 10여 미터는 족히 됐다.

영미는 바닥까지 내려갔다.

"……! 헉……! 저건 뭐지!"

영미는 뭔가 발견하고 주춤주춤 뒤로 물러났다.

커다란 빨간 뱀.

굵기가 영미 허벅지 정도 됐고 길이가 4미터는 족히 돼 보였다.

뱀은 입을 벌리고 영미를 향해 천천히 다가왔다.

영미는 손바닥에 힘을 주입하며 뱀을 주시했다.

츠르르······

갑자기 엄청나게 빠른 속도로 영미 주위를 맴돌더니 갑자기 영미를 감아버렸다.

"으으으······."

영미는 자기도 모르게 신음이 터져 나왔다.

엄청난 고통이 밀려왔다.

"······!"

영미는 고통 속에서 백원탄이 생각났다.

영미의 생각을 읽었는가.

영미 손에 나타난 무기 백원탄은 커다란 뱀을 순식간에 토막을 내서 죽였다.

역시 무서운 무기였다.

"크륵······."

영미는 고통에서 벗어나며 자기도 모르게 입을 벌리고 숨을 들이켰다.

영미 입속으로 물과 함께 뭔가 둥글고 비릿한 물체가 함께 들어갔다.

연못물은 온통 핏물로 가득했다.

영미는 하는 수 없이 연못 위로 올라와서 숨을 쉬고 다시 물속으로 들어갔다.

연못 바닥에 사각형 돌 상자가 놓여 있었다.

영미는 상자를 들고 연못 밖으로 나왔다.

"킥킥…… 뱀이 지키고 있었군!"

영미는 돌로 된 상자를 열었다. 작은 사각형 돌들이 4개 있고 그 돌에 글이 새겨져 있었다.

첫 번째 돌에는 이렇게 쓰여 있었다.

크하하하.

나의 무기와 기술을 배우게 된 제자여.

그대는 행운아다.

열홍사의 내단은 그대 입으로 들어갔을 것이다.

또한 그대는 발명왕이 만든 무체를 입었을 것이다.

열홍사는 백원탄이 아니면 죽일 수 없다.

열홍사의 내단은 제자의 체력을 500년 이상 수련한 것과 동일한 힘을 줄 것이다.

또한 물속에서 자유자재로 숨을 쉴 수 있게 될 것이다.

두 번째 돌에는 이렇게 쓰여 있었다.

물고기들과 대화하는 언어 술.

듣기.

말하기.

세 번째 돌에는 이렇게 쓰여 있었다.

무기의 이름은 수뢰라 한다.

수뢰 첫 번째 기술 수탄.

물을 총알처럼 만들어 상대를 공격한다.

수뢰 두 번째 기술 수파.

물을 거대한 덩어리로 만들어 공격한다.

수뢰 세 번째 기술 수폭.

물을 폭파한다.

수황의 무술이었다.

네 번째 돌에는 이렇게 쓰여 있었다.

무기 기술을 머리에 기억하고 즉시 없애버리도록.

열홍사 내단을 삼킨 기억을 즉시 잊을 것.

열홍사 토막을 가져가 먹지 말 것.

"쳇……! 그럼! 무신 사부님께 가져갈 무공 책을 다른 동굴에서 구해야 하잖아! 빈손으로 가면 꼬치꼬치 물을 텐데. 킥킥…… 그냥 가서 사실대로 이야기하자. 어두워지는데. 동굴에 가면 무서워. 으으……."

영미는 갑자기 몸을 부르르 떠는 시늉을 하며 수황 이초의 동굴을 나갔다.

또르르.

쫑쫑.

초록빛 새와 붉은 새가 영미 머리 위를 빙빙 돌며 울고 있었다.

운다는 것 보다는 노래를 부른다는 표현이 맞다.

자암옥에도 아침이 왔다.

늘 그랬듯이 영미가 아침 준비를 한다.

밥도 하고 나물도 무치고.

오늘은 아욱국도 끓였다.

밥도 큰 가마솥으로 하나 가득.

국도 가마솥으로 하나 가득이다.

사부님들이 많기 때문이다.

늙은 포대가 많이 들어간다고 노인들이 밥도 많이 먹는다.

"흠…… 아욱국이구나!"

너무도 평범한 시골 노인네 같은 사람.

무영투 정군영이다.

정군영은 자상한 표정으로 영미를 바라보며 영미를 향해 걸어왔다.

"어서 오세요. 무영투 사부님! 손 씻고 앉으세요. 얼른 차려 드릴게요!"

영미가 활짝 웃으며 반갑게 맞이했다.

"이거…… 생일 선물이다!"

무영투가 조그만 나무로 된 상자를 영미에게 줬다.

그러고 보니 오늘은 영미 생일이다.

"역시 무영투 사부님이 최고야! 킥킥…… 이건 뭐예요? 열어봐도 돼요?"

영미가 오른손 엄지손가락을 치켜세우며 말했다.

"여기서는 탐내는 사람이 없으니 열어봐도 되지만 밖에 나가서는 철저히 비밀로 해야 한다! 알려지면 피를 부르니깐!"

무영투는 영미를 바라보며 걱정스러운 표정을 지었다.

"킥킥…… 알겠어요! 이게 뢰검 지도죠?"

영미가 알겠다는 표정으로 물었다,

"그래! 피를 부르는 물건이지. 하하하하……."

무영투는 과거 지도 한 장 때문에 벌어졌던 살육을 생각하며 웃었다.

"쓸모없는 종이 하나로 선심 쓰는 척은 킬킬……."

언제 나타났는지 키가 작은 백발노인이 빈정대며 품속에서 성냥갑 두 배 길이의 사각 상자를 꺼내 영미에게 내밀었다.

"생일 선물은 이 정도는 돼야지! 받아라!"

백발노인은 상자를 영미에게 주고 털썩 의자에 앉았다.

"의신 사부님 이건 은침이죠?"

영미가 상자를 열어보지도 않고 품속에 넣으며 물었다.

의신 자문강후…

자하령보다 20년 정도 늦게 자암옥에 들어온 의문의 문주다.

의술에 관한 자하령보다 한 수 위라는 이야기가 나올 정도이며 특히 침술은 신의 경지에 이르러 있었다.

"그래! 이 사부가 평생 사용하던 은침이다! 이제 네가 의신이다! 침술용 금·은침과 무기용 침이 같이 들어있다!"

자문강후가 영미를 바라보며 자상한 미소를 지었다.

"내 것도 받아라!"

40대 정도 되었을까.

천하에 이런 미인이 있을까.

마치 수정으로 조각해 놓은 듯 인형 같은 미녀.

독신 이지예…

실제 나이는 무영투와 6살 차이로 101살이지만 젊음을 유지하고 있었다.

"네! 지예 언니! 고마워요!"

영미는 살짝 미소를 지으며 독신 이지예가 내미는 손바닥 크기의 상자를 받아 품속에 넣었다.

그런데.

지예 언니라니.

독신 이지예가 언니라고 부르라며 의자매를 맺었다.

그래서 영미와 독신 이지예는 언니 동생 사이가 되었다.

독신 이지예가 준 상자 속 물건은 영미가 안 봐도 다 안다.

바로 독문 문주패와 독침이다.

"영미가 생일 선물로 너무 많이 받는 것 아니냐? 허허……."

무신 심주덕이 걸어오며 너털웃음을 지었다.

"무신 사부님!"

영미가 쪼르르 달려가 폴짝 뛰어 무신 품속으로 안겼다.

영미가 무신 심주덕과 가장 오랜 시간을 보낸 탓도 있지만.

무신 심주덕이 영미를 그만큼 사랑해줬다.

다른 사부들은 무신 심주덕에게 영미가 같이 있으므로 심주덕이 차츰 선량해진다고 믿었기에 영미를 심주덕에게 맡기다시피 했던 이유도 있었다.

"허허…… 나도 이젠 사부하기 싫다!"

무신 심주덕이 입을 뾰족이 내밀며 삐친 시늉을 했다.

"또……! 오빠 하자고 그러시죠?"

영미가 심주덕 눈을 빤히 들여다보며 물었다.

"그래! 제발 나하고도 의형제를 맺자? 응?"

심주덕은 영미에게 사정사정했다.

가끔 있는 일이다.

영미 사부들과 독신 이지예는 늘 보던 장면이라 별로 신경도 안 쓴다.

"좋아요! 영미 생일이니깐 들어줬다!"

영미가 드디어 허락을 했다.

"엥! 나도!"

"나도."

무영투와 자문강후가 덩달아 영미에게 의형제를 맺자고 말했다.

"으아. 그럼 영미 사부님은 누구?"

영미가 호들갑을 떨었다.

"나도 이젠 사부는 안 하고 싶다!"

고림투이와 박우혜까지 걸어오면서 의형제 맺기에 동참했다.

"으앙…… 영미 사부님은 이젠 없다……!"

영미가 우는 시늉을 했다.

결국 모두 의형제 맺는 것을 허락한 셈이다.

"자, 자. 모두 의형제를 맺자! 영미가 제일 막내다!"

무신 심주덕은 식탁에 잔을 늘어놓고 술을 한 잔씩 다르기 시작했다.

"나도 좀 끼워줘."

알맞은 키에 알맞은 몸매.

나이는 짐작키 어려운 백발 머리에 주름살투성이 노인이 걸어오며 호들갑을 떨었다.

"제일비 할아버지! 어서 오세요!"

영미가 인사를 했다.

천하제일비 이지함이다.

자율선에게 경공을 가르치고 규율에 따라 후계자는 1명밖에 안 둔다는 원칙을 내세우며 영미에겐 경공을 가르쳐주지 않은 고지식한 노인. 특히 최고 경공은 남자가 아니면 익힐 수 없다는 경공이므로 영미는 배울 수도 없었다.

"어서 오게! 오늘 영미 요 녀석 생일날 우리들 동생으로 만드세!"

고림추이가 이지함을 반갑게 맞이했다.

"비록 태어난 날짜는 틀리지만 우린 기쁨과 슬픔을 같이하며 죽음이 다할 때까지 형제자매로서 도리를 다할 것을 맹세합니다!"

심주덕이 한마디 하며 서로 잔을 높이 들고 쭉 들이켰다.

이제 의형제자매가 된 것이다.

"오빠가 된 기념으로 생일 선물을 주마!"

천하제일비는 무공 책을 영미에게 줬다.

방금 만든 듯 책은 새것이었다.

"이건……! 남자만 배울 수 있다는 경공이잖아요?"

영미가 책을 받아 들며 물었다.

"아니다! 요즘 밤잠을 설쳐가며 새로 여자가 배울 수 있는 경공을 만들었다. 먼저 것과는 차이가 있지만, 충분히 이곳을 나갈 수 있을 것이다."

이지함이 자랑스럽게 말했다.

오.

모두들 탄성을 질렀다.

영미는 이제 자암옥을 나갈 수 있다는 생각에 마냥 들떠서 열심히 이지함의 무술 책을 읽기 시작했다.

그런 영미를 바라보는 늙은 언니 오빠들은 기쁨 반, 서운함 반이었다.

영미와 헤어지기가 싫은 것이리라.

열심히 읽어 본다 하지만 고작해야 2분여.

다 읽고 책을 품속에 넣었다.

벌써 모두 기억한 것이다.

"킥킥…… 언니, 오빠. 모두 걱정 마세요. 제가 아직 덜 배운 무술이 있거든요. 동굴들을 모조리 다 뒤져서 배울 것 다 배우고 나갈게요. 그리고 나갈 땐 반드시 언니, 오빠들과 같이 나살세요."

영미는 헤어질 것을 생각하며 슬픈 표정을 짓는 늙은 언니 오빠들에게 생글생글 웃어 보이고는 팍 하고 순식간에 사라졌다.

"허……! 천재는 천재로다! 벌써 경공을 다 배웠군!"

이지함이 혀를 내둘렀다.

"같이 나간다고? 이 언니 오빠들을 위로하는 말이군!"

박우혜가 다른 사람들을 둘러보며 씁쓸한 미소를 지었다.

"그러게. 기특한 녀석."

모두들 씁쓸한 표정들이다.

"비마가 오늘은 왜 꼼작도 안 하지!"

무영투가 이상하다는 투로 말했다.

"그러게…… 어디 아픈가! 한번 가보세!"

무신 심주덕이 말을 하며 걸어가기 시작했다.

영미는 어느 동굴 앞에 서 있었다.

동굴 입구 위쪽에 핏빛 글씨로 이렇게 쓰어 있었다.

들어오면 반드시 죽인다.

"5대 악인들 동굴이다!"

영미가 혼잣말로 중얼거렸다.

5대 악인.

230년 전 인물들.

대악녀 이희경.

5대 악인들 우두머리다.

무공도 무공이지만 악하기로 치면 당연 최고였다.

웃는다는 이유로 죽이고,

운다는 이유로 죽이고,

앞에서 얼쩡거린다는 이유로 죽이고.

그녀가 사람이나 동물을 죽이는 데는 온갖 이유가 붙었다.

그 이유란 것이 사람이 살아가는 데 걸리지 않는 것은 없었다.

모든 것이 그녀가 죽이는 이유에 해당됐다.

대악마 박현.

이희경의 남편이다.

박현의 악한 성격도 이희경에 못지않았다.

못된 짓은 모두 한다.

강간, 강도, 살인.

그가 안 하는 짓은 없다.

나쁜 짓이라고 분류된 것은 다 한다.

소악녀 박미주.

박현과 이희경의 사이에서 태어난 딸.

아직 어린 나이에도 그녀는 살인 놀이를 제일 즐겨한다는 악녀.

불과 11살에 21명을 죽이고 엄마 아빠와 함께 자암옥에 떨어졌다.

사녀 이진경.

이희경의 동생이다.

사악함에 있어 당연 최고다.

그녀의 사악함에 진저리를 친다.

사람을 죽여도 살을 한 점 한 점 떼어내며 방긋방긋 웃으며 즐긴다
는 그녀.

그녀가 죽인 사람은 3명.

그러나

한 명을 죽이는 데 1년이 걸렸다.

매일 한 점씩 살을 떼어내고 다시 붙이고,

눈도 파냈다가 다시 넣고,

그녀가 죽인 사람은 온전한 것이 없다.
심지어 눈이 다리에 붙어 있는 사람도 있다.

마인 자하도진.
사녀의 남편이다.
"나는 악인이 아니다."
그는 늘 그렇게 말한다.
그는 사람을 단 한 명도 죽이지 않았다.
다만 팔을 자르고 다리를 잘랐을 뿐.
그에게 팔과 다리를 잘려 불구가 된 사람 수는 무려 342명.
그가 잘라 놓은 사람 다리와 팔은 사녀가 반드시 붙여줬다.
단 반대로 붙여줘서 그렇지.

이들 5대 악인들은 자암옥에 떨어져서도 회개는커녕 틈만 나면 다른 악인들을 괴롭혔다.
무신 심주덕도 두려워하는 5대 악인들.
20여 년 전부터 전혀 모습을 드러내지 않고 있었다.
그래도
누구 하나 그들이 사는 동굴에 들어가지 못했다.
그들이 사는 동굴에 들어가 봐야 이득이 없을 뿐.
다치면 손해였다.
잘못하면 죽음도 각오해야 하는 곳.

영미는 동굴 입구에서 잠시 생각에 잠기더니 결심을 한 듯 터벅터벅 동굴로 걸어 들어가기 시작했다.

동굴은 길게 이어졌다.

"칼칼칼…… 오랜만에 장난감이 오는구나!"

어디선가 카랑카랑한 노파 목소리가 들렸다.

"킬킬…… 사녀 이진경."

영미가 혼잣말로 중얼거리며 계속 걸어갔다.

"칼칼…… 내 소문은 들었군! 자암옥 무공 천재 소녀 정영미."

카랑카랑한 목소리와 함께 영미 앞에 화장을 한 늙은 노파가 나타났다.

머리도 염색을 했는지 검은색 머리를 뒤로 한 바퀴 돌려 묶고 얼굴엔 하얀 분가루가 드러나도록 화장을 하고 입술은 핏물이 떨어지듯 시뻘겋게 칠했다.

"킬킬…… 대악녀와 대악마는 이미 죽었나?"

영미가 빈정대며 물었다.

"칼칼…… 무공 천재인 줄 알았더니 생각도 깊네."

사녀가 하얀 이빨을 드러내며 징그럽게 웃었다.

"또 하나 맞춰볼까?"

영미가 두 손을 뒷짐을 지며 물었다.

여유 있는 자세다.

사녀가 그런 영미 모습을 보며 흠칫했다.

"뭐? 뭘 알고 있는데?"

사녀가 영미를 바라보며 물었다.

"당신이 늦둥이를 낳은 모양이군. 맞지?"

영미가 물었다.

"어……! 어떻게?"

사녀가 기막히다는 표정이다.

"아마 나보다 한두 살 더 많을걸. 무공은 많이 가르쳤나?"

영미가 다시 물었다.

"칼칼…… 볼수록 탐나는 녀석일세. 그런데 버릇없이 왜 자꾸 반말을?"

사녀가 말했다.

몹시 불쾌하다는 표정이 역력했다.

"자암옥 노인들과 모두 의형제를 맺었거든! 그래서 모두 언니 오빠야! 사녀 언니!"

영미가 생글생글 웃었다.

"뭐? 언니? 칼칼…… 이 사녀와 언니 동생을 하자는 이야기군! 앙큼한 것!"

사녀가 다시 하얀 이빨을 드러내며 웃었다.

"쳇, 들켰네. 킥킥……."

영미가 생글생글 웃었다.

"좋아! 내가 언니가 되어주지. 그럼 우리 딸은 조카가 되겠지만. 칼칼……."

사녀가 다시 웃었다.

영미가 바라는 것이 그것이었다.

사녀와 의자매를 맺어 그의 딸은 조카로 또한 소악녀까지 조카로 만들려는 속셈이었는데 사녀가 바로 눈치를 챈 것이다.

"킬킬…… 언니! 고마워!"

영미가 생글생글 웃었다.

"솔직히 내가 영광이지! 너를 한번 혼내주고 싶었는데 우리 집 식구가 다 덤벼도 너의 상대가 안 되겠어서…… 나도 보는 눈은 정확해. 칼칼…… 무신 심주덕 그놈이 이젠 무신 자리를 내줘야 하겠구먼."

사녀가 영미를 찬찬히 훑어보며 말했다.

이미 사녀는 영미가 자신들의 상대가 아니라는 것을 느꼈다.

그래서 동굴에 들어오는 사람은 누구를 막론하고 죽이려 했는데,

영미의 무술과 체력을 한눈에 알아보고 친해지는 방향으로 바꾼 것이다.

"언니도 바깥에 나가면 이제 나쁜 짓은 그만해!"

영미가 사녀와 함께 동굴을 걸어 들어가며 말했다.

"마치 내가 바깥에 나갈 수 있는 것처럼 말하는구나!"

사녀가 처연한 눈빛으로 말했다.

이미 포기하고 살아온 동굴 생활.

200여 년 이상 동굴에 살면서 그 사악함은 많이 변했다.

"이모!"

영미와 사녀 앞에 백발이 하얀 노파가 나타나며 사녀에게 말했다.

"킥킥…… 소악녀로군!"

영미가 말했다.

"이년이……!"

나이가 103살 된 소악녀가 영미를 공격하려고 손을 쳐들었다. 영미가 하는 말이 너무 건방지기 때문에 화가 난 것이다.

"무슨 짓이냐? 네 이모다! 나하고 방금 의자매를 맺었다. 그러니 이제부터 영미는 너의 이모다! 어서 인사드려!"

사녀가 호통을 쳤다.

소악녀는 잠깐 눈알을 굴리더니 금방 사태를 파악하고 영미에게 고개를 까닥거리며 인사를 했다.

"성질머리하곤. 쯧쯧…… 소악녀는 그 성질 버리기 전엔 바깥에 나가면 안 되겠군!"

영미가 소악녀를 힐끗 보며 혀끝을 찼다.

"엄마!"

16세쯤 됐을까 화사한 백합처럼 성숙한 미모의 소녀가 나타났다.

사녀의 딸이다.

"경은아, 인사해라. 엄마와 의자매가 된 영미 이모다!"

사녀가 영미를 가리키며 말했다.

잠시 의아하게 생각하던 사녀의 딸 자하경은이 영미를 향해 고개를 숙여 인사를 했다.

"나 영미라고 해! 앞으로 친하게 지내자!"

영미가 오른 손을 내밀어 악수를 청했다.

"헤…… 나보다 어린 이모를 만나 반가워! 앞으로 깍듯이 이모 대우를 할게!"

자하경은이 영미와 악수를 하며 환하게 웃었다.

"호……! 5대 악인들, 무공을 다 배우고 400년 이상 갈고 닦은 체력도 갖고 있군! 흠…… 대악녀, 대마인 체력을 전해 받았군!"

영미가 감탄을 했다.

"켁……! 어떻게 그걸 알았지? 이모는 정말 천재야! 말은 이미 수없이 들었지만 정말 모르는 게 없나 봐!"

자하경은이 감탄을 하며 영미와 악수를 한 손을 흔들었다.

"이모의 체력은 어떠냐?"

사녀가 자하경은에게 물었다.

"모르겠는데요!"

자하경은은 정말 모르겠다는 표정이다.

"내가 좀 봐도 되겠나?"

사녀가 영미에게 물었다.

"웅! 언니!"

영미가 자하경은과 악수를 하던 손을 사녀에게 내밀었다.

사녀는 두 손으로 영미 손을 잡았다.

"흠…… 이건……! "

사녀가 화들짝 놀라며 두 손을 놓았다.

"엄마! 왜 그래?"

"이모, 왜 그래요?"

자하경은과 소악녀가 동시에 사녀에게 물었다.

"믿을 수 없어……! 천 년 이상의 체력이라니……!"

사녀가 중얼거렸다.

"켁……! 처, 천년 체력!"

자하경은과 소악녀가 동시에 놀라 소리치며 영미를 바라보았다.

"킬킬…… 그렇게 됐어!"

영미가 생글생글 웃었다.

"늙은이들이 내력을 다 준 것도 아니고 뭔가 영물을 얻은 것 같은데?"

사녀가 영미를 보며 물었다.

"웅!"

영미는 짧게 대답하고 생글생글 웃었다.

"괴물을 키웠군!"

언제 나타났는지 꾸부정한 노인이 영미를 바라보며 말했다.

"안녕하세요? 형부!"

영미가 얼른 인사를 했다,

"허! 형부라……!"

노인은 만족한 표정을 지었다.

자하도진.

사녀의 남편이며 자하경은의 아빠다.

"아빠! 이, 이모가 천년 체력이래!"

경은이 자하도진에게 영미를 가리키며 말했다.

"그래! 내가 봐도 그렇게 보이는구나! 우리 넷이 다 덤벼도 우리 처제 반쪽도 못 이기겠다! 그러니 자암옥 노인들이 괴물을 키웠지. 허허……"

자하도진이 기막히다는 표정으로 웃었다.

"이제 형부와 언니 조카들과 인사는 그만하고 여기 온 목적을 말할게요!"

영미가 자하도진을 보며 말했다.

"목적이라! 어서 말해봐!"

자하도진이 영미에게 말했다.

"다른 분들은 죄수지만 경은이는 죄수가 아니잖아요! 그러니 제가 나갈 때 경은이는 데리고 나갈게요!"

영미가 자하경은의 손을 잡고 자하도진과 사녀를 번갈아 바라보며 말했다.

"어떻게? 네가 데리고 나가?"

사녀가 의아한 표정으로 물었다.

"제가 경공으로 나갈 수 있게 경은이에게 가르쳐 줄 거 에요! 쳇, 그럼 내가 사부가 되나! 킥킥……."

영미가 생글생글 웃었다.

"와! 이모! 정말이야?"

경은이가 팔짝팔짝 뛰며 좋아했다.

"응! 너와 난 이번에 나가고…… 다른 분들은 내가 감찰어사가 되면 찾아와서 데리고 나갈게!"

영미가 말했다.

"감찰어사? 처제가 도전하려고?"

자하도진이 영미에게 물었다

"안될까요?"

영미가 생글생글 웃으며 물었다.

"안되긴 충분하지! 허허……."

자하도진이 흐뭇한 표정으로 웃는다.

영미의 부공 영미의 전재성이면 숭문히 가능하다고 생각했나.

그런 생각은 모두가 같았다.

"이 비행술은 500년 체력 이상이어야 배울 수 있으니 경은이는 충분해!"

영미는 이지함의 경공 책을 경은이에게 줬다.

"헤…… 이모 고마워! 쪽!"

자하경은은 영미 볼에 뽀뽀를 했다.

"다른 분들은 보여주지 말고 다 기억하고 바로 태워버려! 괜히 욕심이 생기면 내가 감찰어사가 돼도 모시고 나가기 어렵거든!"

영미가 그 말을 끝으로 돌아서서 나가기 시작했다.

소악녀와. 자하도진. 사녀는 영미의 깊은 뜻을 알고 고개를 끄떡거렸다.

만약 욕심이 생겨 경공을 배우고 탈출을 시도하면 죄목이 무거워 영미가 감찰어사가 돼도 석방이 힘들다는 뜻이다.

"허허…… 어린 처제가 마음이 깊구나……!"

자하도진이 허허롭게 웃었다.

"칼칼…… 내가 동생 하나는 잘 둔 것 같아!"

사녀가 웃었다.

"흠…… 정말 88살이나 어린애를 이모라 불러야 하나! 키키키……."

소악녀도 웃는다.

2033년 지구 이야기

구름이 마치 비행접시 모양을 하고 지리산 천왕봉에 내려앉았다.

인간의 발길이 닿기 전인 이른 새벽.

14명의 각양각색의 인간들이 모습을 드러냈다. 보군, 병제, 영후. 그들과 함께 야두리혁이 만든 실패작 인조인간들이었다. 언제부터인가 지구인들은 그들을 신이라 불렀다. 그들 역시 자신들을 신이라 추켜세우며 인간들을 사육해서 혼을 흡수해서 혼천기란 무술을 나날이 발전시키고 있었다. 허나 그들의 혼천기는 야두리혁이 지구에서 만든 인조인간들에 비하면 조족지혈에 불과했다. 그렇다 해도 그들의 힘은 인간들에겐 신적인 존재가 틀림없었다.

지구보다 조금 작은 별. 해의연의 인간들을 멸족시킨 그들은 지구로 와서 많은 인간들이 있다는 것에 희열을 느끼며 혼천기를 더욱 발전시키려는 생각을 갖고 신으로 행세했다.

허나 갑자기 나타난 적으로 인해 위기감을 느끼고 모두 한자리에 모여 대책을 논의하기로 했던 것이다.

"병제님! 용군과 유유를 죽인 범인이 누구라고 생각하십니까?"

키가 가장 큰 자가 큰 소리로 물었다.

"아직 모릅니다. 허나 가장 무서운 적이 나타난 것은 틀림이 없습니다."

병제가 고개를 좌우로 흔들며 말했다.

"그럼 더닝을 죽인 범인은 누구죠?"

이번엔 유정이 초췌한 모습으로 일어나 물었다. 더닝과 유정은 서로 사랑하는 사이였다. 그러니 유정으로선 더닝의 죽음이 주는 충격은 컸다.

"그것도 아직 모른다. 다만 더닝을 죽인 범인과 유유와 용군을 죽인 범인은 다르다는 것이다."

병제가 심각한 표정으로 대답했다.

14명의 인조인간들은 술렁이기 시작했다. 그들이 바라보이는 맞은편 봉우리에도 인간들이 보였다.

바로 영미와 하나, 수민이 그리고 지수였다.

"네가 말한 신이란 존재들이 바로 저 고물 인조인간들이다. 저들이 해의연을 멸망시킨 자들이 맞지?"

영미가 하나를 보고 물었다.

"네! 맞습니다. 너무도 두려운 상대들인데 스승님께서 계시니 이젠 두렵지 않습니다."

하나가 작은 소리로 대답했다.

"저기 인조인간들 중에 늙은 환자가 하나 있지?"

영미가 이번엔 수민이를 보고 물었다.

"네! 설마 저 늙은이 치료를 한다고 제 동생을?"

수민이가 이미 짐작은 하고 있으면서 확인하듯 영미에게 물었다.

"맞아! 저 늙은이 몸이 수명을 다하고 있거든. 그 수명을 연장하려고 헨리를 태어나게 했어. 18살이 되면 약으로 쓰려고. 그럼 30년은 더 살거든."

영미가 얼른 대답했다.

"부탁이에요. 저들을 다 죽여서 제 동생을 살려주세요. 저는 그럴 힘이 없는 것 같고요. 사부님께 부탁드려요."

수민이가 진심으로 부탁을 하고 있었다. 이미 저들이 비록 고물 인조인간들이지만 자신의 상대가 아니라는 것을 알기에 영미에게 부탁을 하는 것이었다. 수민이는 이미 영미만이 저들을 제거할 수 있다는 것을 알았다.

"저들을 제거한다고 해도…… 헨리는 구할 수가 없어."

영미가 담담한 표정으로 말했다.

"네? 무슨 말씀이세요?"

하나가 깜짝 놀라며 영미에게 물었다. 수민이도 영미를 바라보며 표정으로 묻고 있었다.

"인조인간들의 유전자로 태어난 헨리야. 무슨 말인지 알겠지?"

영미가 하나와 수민이를 번갈아 보며 말했다.

"그럼 핸리도 인조인간이란 말이야?"

이번엔 지수가 영미에게 물었다.

"맞아! 헨리도 인조인간이지. 단지 약으로 쓰려고 그 수명을 18년만 살게 만들어 태어났거든."

영미의 말에 하나도. 지수도 무척 놀라고 있었다. 특히 수민이의 충격은 너무도 컸다.

"어떻게 방법이 없어요?"

수민이는 영미를 애절한 눈으로 바라보며 물었다.

"어떤 이유에서든 친구로 하기로 했으니, 급한 일들을 마무리하고 방법을 찾아보려고. 신비한 인간 수민이 그대도 함께 찾아보자고. 조카가 이미 방법을 찾은 것 같긴 한데."

영미가 수민이 등을 손바닥으로 토닥거리며 말했다.

"조카라고 하시면? 헨리가 좋아하는 그 조카?"

하나가 영미에게 물었다

"맞아! 키득…… 조카가 의술이 기막히거든. 믿고 맡겨둬 봐요."

영미가 수민이 등을 손바닥으로 토닥이며 말했다.

"고맙습니다. 저도 하나처럼 스승님으로 모시겠습니다."

수민이가 얼른 일어나 영미에게 공손히 절을 올렸다.

"허……! 제자라……! 이건 내가 의도한 스토리가 아닌데. 킥…… 아무튼 제자가 많아 좋네."

영미가 생글생글 웃으며 수민이 손을 잡아 일으켰다.

"감사합니다. 스승님."

수민이 눈에서 반짝 눈물이 비쳤다. 그만큼 동생 헨리를 많이 사랑한다는 뜻일 것이다.

"그럼 이제 저들을 이 지구에서 영원히 사라지게 해야겠지. 가자."

영미가 말을 하면서 몸을 날리고 있었다. 하나와 수민이 지수도 급히 영미 뒤를 따랐다.

"키득…… 키득…… 인조인간 주제에 신이라고? 개가 웃겠다."

영미가 큰 소리로 웃으며 인조인간들 앞에 내려섰다. 웅성거리던 인조인간들은 갑자기 나타난 4명의 소녀들을 보며 의아한 표정을 지었다.

"보군! 저 소녀는 보군이 약으로 쓴다던 그 아이 언니가 아니요?"

병제가 보군을 보고 물었다.

"네! 맞습니다. 그 옆에 있는 것이 도망친 유격대장이군요. 그리고 저들은……! 으으……."

수민이와 하나를 거쳐 지수를 지나 시선이 영미에게 머문 보군이 갑자기 사시나무 떨듯 떨기 시작했다.

"보군! 왜 그러시오?"

병제를 비롯한 다른 인조인간들이 보군의 모습을 보며 물었다.

"천국성 감찰어사. 우주에서 가장 강한 분입니다."

보군이 그렇게 말을 하며 영미를 향해 털썩 무릎을 꿇고 엎드렸다.

"그대가 나를 아는가?"

영미가 자신을 알아보는 보군이 신기한 듯 물었다.

"네! 상인문의 심부름을 하면서 어사님을 뵌 적이 있습니다."

보군이 말했다.

"상인문이라. 어찌 그대가 상인문에서 심부름을?"

영미가 호기심을 갖고 물었다.

"작은 사모님의 행방을 알아보라는 지존님의 명으로 상인문에 들어가 있었습니다."

보군이 엎드린 자세로 말했다.

"오! 작은 사모님이라면 심효주? 그래서 그의 행방은 알아냈는가?"

영미가 물었다.

"흔적만 찾았습니다."

보군이 엎드린 자세 그대로 대답했다.

"어떤 흔적?"

영미가 다시 물었다.

"말씀 드리면 저희를 살려 주시겠습니까?"

보군이 영미 물음에 답은 않고 되물었다.

"킥…… 좋은 자세야. 흥정도 할 줄 알고."

영미가 생글생글 웃었다.

"보군 무슨 짓이냐? 저 어린 계집이 뭐가 무서워서 그렇게 벌벌 떨면서."

말을 하던 영후가 마치 재가 바람에 날리듯 바람에 흩어지고 있었다.

"난 주둥이를 더럽게 놀리면 절대 용서를 못 한단 말이야."

영미가 마치 파리 쫓듯이 손을 휘휘 저으며 말했다.

"저년이! 우리 다 같이 저년을 죽입시다."

유정이 큰소리치며 앞으로 나오던 그 자세 그대로 다시 재가 되어 흩어지고 있었다.

"으으……."

인조인간들은 슬슬 뒷걸음치기 시작했다.

"도망치려고? 그건 안 되지."

영미가 손을 쳐들었다.

"잠깐만요. 모두 잠깐만 기다리세요."

보군이 황급히 일어나 도망치려던 인조인간들을 말렸다.

"감찰어사님 손에서 도망칠 수도 없습니다. 모두 잠시 기다리세요."

보군은 인조인간들이 도망치는 것을 막고 다시 영미 앞에 무릎을 꿇고 엎드렸다.

"하명하시는 물음에 솔직하게 대답하겠습니다. 목숨만 살려주십시오."

보군은 간절하게 말했다.

"3가지만 묻겠다."

영미가 말했다.

"하명하십시오."

보군이 더욱 바닥에 납작 엎드렸다. 그런 보군을 바라보는 인조인간들 눈엔 공포가 어렸다. 지구에서 나름 신이라 불리던 자신들인데. 어린 소녀 앞에서 목숨을 구걸하는 보군이 누구인가. 자신들의 서열로 따지면 당당히 2위에 있는 자였다. 그런 자가 어린 소녀 앞에서 벌벌 떨며 목숨을 구걸하고 있는 것이다. 이미 자신들 앞에서 재가 되어 날아가는 동료를 본 그들은 이미 도망칠 것조차 포기를 하고 보군과 영미를 바라보고 있었다.

"심효주는 어디에 있나?"

영미가 물었다.

"흔적은 백탐쮸로 이어져 있습니다만, 더 이상 조사는 못 했습니다."

보군의 대답은 진실이었다.

"토목담향은?"

영미의 두 번째 질문이었다.

"그…… 그건…… 이곳 지구입니다."

보군은 체념한 듯 대답했다.

"야두리혁도 지구에 있지?"

영미의 3번째 질문이었다.

"네! 그렇습니다."

보군이 대답을 하자 인조인간들이 대노했다.

"야! 보군! 아무리 목숨이 아까워도 그분을 팔면 어떻게 해? 배신자야."

"맞아! 그분까지 팔다니. 그냥 뒈져라."

인조인간들이 보군을 향해 달려들었다. 보군의 어머니라는 늙은 인조인간까지 보군에게 달려들었다. 보군의 어머니는 다른 인조인간들에게서 아들을 지키려고, 다른 인조인간들은 보군을 죽이려고. 그러나 영미의 손이 다시 허공에 흔들렸다.

푸시시……

모든 인조인간들은 바람에 재가 되어 허공으로 날렸다. 보군은 엎드려 있어서 그런 광경을 못 보고 있었다.

"보군! 그대는 약속대로 살려주지. 상인문에 들어가 다시 열심히 일하고. 언젠가 내가 찾아가겠다."

영미는 수민이와 하나와 지수를 데리고 엎드린 보군에게서 멀어져 갔다.

"우리 300여 명 유격대원의 목숨으로도 단 한 명도 잡지 못했는데. 스승님을 그전에 만났으면 얼마나 좋았겠어요. 동료도 잃지 않고. 우리별 해의연도 망하지 않았을 텐데……."

하나가 눈물을 흘리며 울고 있었다.

"나중에 다시 세우면 되지. 해의연이란 나라를…… 내가 꼭 도와줄게."

수민이가 하나를 달래고 있었다.

영미의 과거 이야기

5대 악인 동굴을 나온 영미는 어느 동굴 앞에 섰다.

휘잉.

바람이 스치고 지나갔다.

큰 멀구슬나무에 파랗게 매달린 열매들이 출렁출렁 흔들리고 있다.

동굴 앞을 큰 멀구슬나무가 반쯤 가로막고 서 있었다.

동굴은 사람 하나가 겨우 서서 들어갈 정도로 비좁았다.

"여긴 만리추영(萬里趨影) 동굴이다. 일만 개의 마을을 하루에 돌아다닌다. 그래서 붙여진 이름. 반드시 만리추영의 비행술과 잠행 기술을 배워야 한다. 그래야 감찰어사로서 직무를 충실히 수행할 수 있다."

영미는 혼자 중얼거리며 한참을 골똘히 생각하다가 동굴로 들어가기 시작했다.

만리추영 박유비.

아름다운 미모의 여인이다.

그가 스치고 지나간 곳은 어느 것 하나라도 그의 기억 속에 남는다.

천국성 모든 정보는 그녀가 모르는 것이 없다.

나쁜 짓 하나 안 했지만 오로지 너무 많이 알고 있기에 이곳에 갇히게 된 여인.

그녀에게 뒤집어씌운 누명은 스파이다.

이웃 별나라의 스파이 짓을 했다는 것이 이유다.

그녀의 외모 역시 외계의 별나라 사람과 닮았다는 이유도 한 몫을 했다.

너무도 아름다운 외모지만,

그녀에겐 투명한 비늘이 온몸을 덮고 있었다.

누군가 그 모양은 수억 년 떨어진 어느 별나라 인종과 같다고 전해졌다.

그녀가 누명을 쓰고 쫓기다가 한번 휘두른 공격에 무려 23명의 고수가 쓰러졌다.

그것이 그녀에게 추가된 살인 죄목이다.

천라지망.

10만여 명의 '고수와 군경합동 작전'으로 겨우 그녀를 자암옥에 밀어 넣을 수 있었다.

사람들은 그녀가 악한 마음으로 자신을 자암옥에 밀어 넣으려는 사람들을 공격했다면 엄청 많은 사람들이 죽거나 다쳤을 것이며 그녀는 자암옥에 갇히지도 않았을 것이라고 말할 정도로 그녀의 경공과 시공은 뛰어났다.

영미는 너무도 평범한 동굴을 유심히 살피기 시작했다.

인공의 흔적은 전혀 없다.

모든 것이 자연 그대로이나.

이미 영미가 이곳 동굴을 3번이나 살펴보았지만 어떠한 단서도 찾지 못했다.

"정말 동굴에는 없는 것인가!"

영미는 실망스러운 표정을 지었다.

아무리 살펴봐도 동굴에는 전혀 무공 책을 숨길만한 장소가 없기 때문이다.

영미는 2시간 이상을 계속 동굴을 더 살펴보았다.

"없다. 전혀 동굴에는…… 무술 책을 숨길만한 장소가 없다!"

영미는 고개를 살랑살랑 흔들며 깊은 생각에 잠겼다.

"그래, 굳이 동굴이어야 한다는 생각이 문제다. 동굴 밖에다 숨겼을지도. 그렇다면……!"

영미는 뭔가 생각이 난 듯 동굴 밖으로 빠르게 걸어 나갔다.

멀구슬 나무.

영미는 멀구슬 나무를 세밀하게 살피기 시작했다.

"찾았다!"

영미 두 눈이 반짝 빛났다.

멀구슬 나무 껍질이 사각으로 잘렸던 흔적을 찾은 것이다.

영미는 살짝 멀구슬 나무껍질을 들춰보았다.

껍질 속에서 얇은 책자가 하나 나왔다.

총 8장으로 되어있는 손바닥 크기 넓이의 얇은 책.

영미는 얼른 책을 펼쳐보았다.

책 첫 장에는 이렇게 쓰여 있었다.

만리추영 박유비가 후인에게 남긴다.

나는 좋은 일을 하려고 했지만 결국 인간들에게 버림받았다.

그것은 나의 잘못이다.

알아서는 안 될 것을 알았기 때문이다.

숨기고 싶어 하는 것.

비밀로 해야 하는 것을 나에게 들켰기 때문이다.

후인은 나와 같은 그런 실수를 절대 하지 말기 바라며 무술을
전한다.

투명한 양말처럼 생긴 장치 그 이름은 비영. 자암옥의 강한 자력에도 쇠붙이가 아니므로 마음대로 날 수 있는 최첨단 비행 장치다.

만리추영 박유비의 단 하나의 유품이다.

다음 장부터는 비영 그 장치를 사용할 수 있는 기술이 수록돼 있었다.

만리추.
하루 만개의 마을을 돌아다닌다.
비행술이다.
빠르기도 하지만 추격에 능한 비행술이다.
한번 쫓기 시작한 목표는 절대 놓치지 않는다.

만리비(萬里秘).
만개의 동네에 내 모습을 숨긴다.
잠영 기술이다.
자신의 모습을 곁에 있는 사람에게까지 숨기는 것은 물론이고
자신을 만개의 마을에 숨김으로써 추격을 못 하게 한다.

만향.
만개의 냄새를 골라 상대의 냄새를 찾아낸다.
반대로 나의 냄새를 일만 개로 만들어 적이 찾지 못하게 한다.
상대를 추적할 때는 적의 냄새를 맡고 내가 쫓길 때는 나의 냄새를 숨긴다.

비천은둔술.

하늘 위로 날아 구름 위에 숨는다.

단, 체력이 천년 이상이어야 배울 수 있다.

만리추영이 자암옥에서 탈출을 못 한 이유가 비천은둔술을 못 배운 까닭이다.

"역시 대단한 기술이야!"

영미는 책을 다 읽고 감탄을 했다.

영미는 책을 손바닥에 들고 힘을 주어 재로 만들었다.

이미 영미 머릿속에 전부 기억이 된 것이다.

"이것만 배워도 이곳을 탈출하는 것은 쉽겠군."

영미는 양말처럼 생긴 장치를 발에 착용하고 흐뭇한 표정을 지었다.

"가자 다음 동굴로."

영미의 발걸음이 빨라졌다.

"여긴 무신 오빠의 살육 때 살아남은 5번째 사람. 생사인의 동굴이다. 이곳 역시 반드시 비급을 찾아 배워야 한다. 무공은 보잘것없다고 했다. 단지 그의 천외의술을 배워둬야 한다."

영미가 시커먼 바위가 울퉁불퉁 튀어나온 사이로 좁은 동굴이 하나 뚫린 곳을 들여다보며 중얼거렸다.

"여긴 자암옥에서도 가장 자력이 강한 곳이다. 엄청난 자력 때문에 피가 역류한다고 들었다. 아직 한 번도 들어가 본 적 없는 동굴 두 개 중 한 곳이다."

영미는 결심을 굳힌 듯 천천히 동굴로 들어가기 시작했다.

"훗……!"

영미가 고통스러운 표정을 지었다.

얼굴이 금방 벌겋게 변했다.

온몸의 피가 머리로 향하는 것이다.

머리 쪽에서 가장 강한 자력이 형성된다는 증거다.

"반대로 가다가 바로 가다가 그런 방법을 써야 하겠군!"

영미는 얼른 물구나무서기를 해서 손으로 땅을 짚고 앞으로 나갔다.

다시 일어서서 걷기를 하다가 물구나무서기로 가다가를 반복했다.

20여 미터 들어가자 넓은 장소가 나오고 돌침상 위에 오래된 시체가 하나 앉은 자세로 있었다.

이미 백골이 된 시체였다.

"죄송합니다. 영면을 방해해서."

영미는 얼른 엎드려 공손히 두 번 절을 했다.

스르르릉……

뭔가 움직이는 소리가 들리더니 시체가 앉아있는 돌 침상 앞에 글이 나타났다.

어서 오라.

천재 소녀여.

그대가 오기를 기다렸다.

그대는 내가 죽은 후 꼭 100년이 되는 해에 이곳을 찾을 것이다.

나는 천기를 보고 그대가 오기를 기다렸다.

그대는 이미 많은 무공과 내공을 얻어 천하제일인이 되어 있을 것이다.

글은 다시 사라지고 다른 글이 나타났다.

그러나,

자만은 금물이다.

그대보다 먼저 천하제일인이 되어 있는 나의 제자가 있기 때문이다.

나의 제자는 그대보다 두 배는 강할 것이다.

체력도, 무기도, 기술도.

그대가 이곳을 찾아올 때는 더욱 강해져 있을 것이다.

그대가 열 명이 있어도 상대가 안 될 정도로.

내가 그렇게 만들었다.

가장 강한 육체를.

가장 뛰어난 두뇌를.

불로불사체로 만들었다.

그러나 그의 마음을 바꾸지는 못했다.

그것이 문제였다.

그는 사악한 마음으로 나의 분신이 되어 온갖 못된 짓을 다 했다.

그의 죄를 내가 스스로 뒤집어쓰고 자암옥으로 왔다.

지구로 추방된 소연황후

천재 소녀여.

내가 인공적으로 만든 그의 육체보다

그대가 더욱 뛰어난 육체와 두뇌와 마음을 갖추었노라.

여기 내가 그동안 연구한 모든 것을 남기니

좋은 일에 쓰고

반드시 나의 제자 야두리혁을 찾아 그를 제거해주길 바란다.

야두리혁은 변신술의 천재다.

그를 찾는 것은 오른 손목에 × 모양의 칼자국뿐.

그 칼자국은 영원히 지워지지 않게 내가 만들어 놓은 것이니 반드시 찾아 제거해주길 바란다.

글은 다시 사라지고.

천정에서 뭔가 영미 앞에 툭 떨어졌다.

책 한 권이다.

후인이여.

천재 소녀여.

나의 무기와 기술은 보잘것없지만 의술만은 최고라 자부한다.

그 책에 의술이 수록되어 있으니 배우고

책을 불태우면 나의 보잘것없는 무기와 기술이 하나 나올 것이다.

그 무술로 꼭 나의 제자를 제거해주면 고맙겠다.

글은 사라졌다.

영미는 앉은 자세로 책장을 넘겼다.

책은 그야말로 의학 서적이었다.

사람의 내장과 팔다리는 물론 뇌까지 좋은 것과 나쁜 것을 골라 떼어내고 붙이고 할 수 있는 의학.

동물을 이용해서 사람의 육체를 만들 수 있는 의학.

사람을 복제할 수도 있는 의학 등.

누구보다도 영민한 천재 영미도 그 책을 보는 데 무려 1시간은 허비했다.

"역시 천국성 역사상 최고 의학박사님이시다."

영미가 감탄을 했다.

영미는 두 손바닥 사이에 책을 놓고 내력으로 책을 가루로 만들었다.

팔랑.

책은 가루로 변하고 종이 한 장이 남아 떨어졌다.

영미가 그 종이를 손으로 잡아 펼쳐보았다.

생사도.

단 하나의 도법이 적혀있었다.

도법도 되고 검법도 되는 무술.

"와! 대단하다!"

영미가 감탄을 했다.

"무신 오빠의 무술보다 한 수 위다!"

영미가 엄지손가락을 치켜세우며 생사인 유골을 바라보았다.

유골 앞에 다시 글이 나타났다.

보잘것없는 나의 무술을 칭찬해주니 고맙다.

반드시 명심해야 할 것은 그 생사도는 천뢰가 있어야 시전할 수
있는 무술이다.

더욱 체력이 2,000년 이상 돼야 가능하므로 천뢰와 전설의 무
황단을 찾아야 한다.

그럼 무운을 빈다.

글은 사라지고 다시는 나타나지 않았다.

"들은 기억이 있다. 무황단은 전설의 무황이 남긴 명약이라고. 그걸
복용하면 단번에 3,000년 체력이 생긴다고 들었다."

영미는 언젠가 무신 심주덕에게 들은 이야기를 기억하며 고개를 끄
떡거렸다.

영미는 벌떡 일어서서 생사인 유골을 향해 절을 두 번 올렸다.

"반드시 유지를 받들어 사악한 제자를 찾아 제거해드릴게요!"

영미는 그 말을 남기고 동굴을 나섰다.

"이제 두 개의 동굴만 남았다."

영미가 물이 졸졸 떨어지는 폭포수 밑에 둥글게 난 동굴 앞에 서서 중얼거렸다.

"이곳은 천지장인 박도겸과 박도수 쌍둥이 형제들 동굴이다."

영미가 동굴 안을 들여다보며 말했다.

천지장인 박도겸, 박도수.

둘은 쌍둥이 형제였다.

형 박도겸을 사람들은 천장인이라 불렀고.

동생 박도수를 지장인이라 불렀다.

그래서 둘을 통칭할 땐 천지장인이라 부른다.

하늘을 날아다니는 물체란 물체는 뭐든 다 만든다.

그것이 천장인 박도겸이다.

그는 과학자고 장인이었다.

사람이 양말처럼 신고 다니며 하늘을 날 수 있는 장치도 그가 개발해서 만들었다.

공중에서 날아다니며 싸우는 무기나 비행물체 그가 못 만드는 것이 없다.

땅에서 사용하는 장비나 장치 무기는 박도수 손에서 수없이 많이 개발되고 만들어졌다.

특히 박도수는 동물들과 대화까지 잘하는 것으로 유명하다.

그런 그들이 자암옥에 들어오게 된 이유는 살상용 무기 개발을 안 했기 때문에 정치하는 사람들에게 미움을 샀다.

그런 미움 속에서 천지장인은 한 가지 실수를 하게 되니.

바로, 이른바 황제 시해 사건이다.

천장인 박도겸이 만든 하늘을 날아다니는 장치를 신은 황제가 공중에서 떨어지며 공교롭게도 지장인이 만든 밭을 갈고 씨를 뿌리는 로봇 머리에 난 안테나가 창처럼 뾰족한데 그곳에 떨어져 황제가 죽은 것이다.

대역죄는 즉시 참살하는 것이 원칙이나.

많은 것을 개발하고 국가에 이득이 됐다는 공론이 있어 자암옥으로 오게 된 것이다.

천지장인은 무술도 꽤 높은 것으로 알려졌다.

영미는 동굴로 걸어 들어갔다.

동굴에는 과학자들 거처로 보기엔 손색이 없을 정도로 자력에 지장이 없는 수정과 돌 등.

자암옥에서 쉽게 얻을 수 있는 물체로 여러 가지 개발품을 만들어 놓았나.

움직이는 의자와 물통.

저절로 밥이 되는 돌솥.

태양열을 이용한 동굴 내부의 등불.

영미가 수없이 이곳을 왔다 갔지만 어디에도 무기나 무술 책이나 개발 내용이 적힌 책은 찾을 수 없었다.

다만 두 구의 유골이 안치된 수정관 위에 글이 새겨져 있을 뿐이다.

글은 이렇게 새겨져 있다.

보잘것없는 무술은 후세에 남기지 않는다.

만들고 개발하고 발명하는 것은 스스로 배워야 할 문제다.

관은 하나인데 두 구의 시신이 같이 들어간 모양이다.

먼지가 수북이 쌓인 관 위를 영미가 손으로 닦았다.

"역시 남긴 것은 없나 봐!"

영미는 수정관을 닦아주며 중얼거렸다.

영미는 관을 다 닦은 후 엎드려 절을 두 번 하고 돌아섰다.

동굴을 나가려는 것이다.

이곳엔 아무것도 없다는 생각에서였다.

"……!"

나가려던 영미가 갑자기 뭔가 생각난 듯 다시 돌아서서 수정관을 살피기 시작했다.

수정관에 새겨진 글 두 줄 외에 한 글자가 더 있었다. 아주 작은 글씨.

開

한자로 되어있었다.

"열라고!"

영미가 글을 보며 중얼거렸다.

"관을 열라고!"

영미는 뭔가 다시 생각에 잠겼다.

고인이 잠든 관을 열기도 그렇지만 시신을 보기도 썩 마음이 내키지 않았다.

"그래! 고인이 잠든 관을 열어보면 실례가 되지! 그냥 나가자!"

영미는 그냥 돌아서서 동굴을 나가기 시작했다.

툭.

영미 앞에 천장에서 뭔가 떨어졌다.

손바닥 반만 한 작은 책이다.

겨우 3장 정도 될까.

얇은 책.

"이게 뭐지!"

영미는 책을 주워 펼쳐봤다.

책에는 이렇게 쓰여 있었다.

욕심에 관을 열지 않고 그냥 나가는 것을 보니 심성이 곱구나.

심성이 고운 후인에게 작은 선물을 주마.

비행목.

자암옥에서 새로 개발한 하늘을 나는 장치다.

양말처럼 신으나 눈에 보이지도 않고 착용감도 없는 비행목을 만드는 비법이다.

재료와 만드는 방법이 자세히 수록돼있었다.

인공줄.

주인의 마음을 읽어 상대를 묶는다.

죄수를 포박할 때 적절하다.

재료와 만드는 방법이 수록돼있다.

혈취.
상대의 핏속에 평생 추적할 수 있는 냄새를 넣는다.
한번 사용하면 평생 나의 눈을 벗어나지 못한다.
요주의 인물에게 사용한다.
사용법이 수록되어 있다.

책에는 3가지 발명품을 만드는 방법 사용하는 방법이 자세히 적혀
있었다.

그리고
단 하나의 언어 술.
진어(眞語).
모든 동물들과 대화를 한다.
지장인의 특이한 능력이다.

"햐……! 수확이 괜찮네!"
영미는 책을 재로 만들고 동굴을 나섰다.

"이제 마지막 하나 남았다."
영미는 빠른 걸음으로 걸어갔다.

유일하게 자암옥 동굴 중 수직 동굴이다.

그 끝을 알 수 없는 컴컴한 동굴.

영미는 한참을 주저하다가 그 동굴로 뛰어내렸다.

동굴 깊이는 생각보다 그리 깊지 않았다.

10여 미터 내려가니 바닥이었다.

"여긴 누가 살던 곳인지 아무도 모른다 했다. 아무도 안 살던 곳 같다고 다들 말했다."

영미는 언젠가 박우혜가 알려준 말을 기억하며 천천히 동굴을 살피며 앞으로 나가기 시작했다.

동굴은 10여 미터 수직으로 내려온 후 한쪽 방향으로 수평으로 뚫려 있었다.

다시 수평으로 10여 미터 걸어가니 30여 평은 되는 넓은 장소가 나타났다.

그곳이 동굴 끝이었다.

동굴 한쪽엔 작은 풀이 하나 금색을 띠고 사라고 있었는데.

그 향이 독특했다.

"킁킁."

영미가 풀에서 나는 향을 맡아보았다.

"헉! 사향초다!"

영미가 소스라치게 놀라 자기도 모르게 소리쳤다.

사향초.

일명 죽음의 향기라 부른다.

냄새가 퍼지는 넓이가 겨우 30여 평 남짓 하지만 그 안에 들어오면 살아남지 못한다.

해독약도 없다.

그냥 죽음뿐.

영미는 무체를 착용하고 독신의 무공을 익혀 사향초라 해도 큰 지장은 없다.

단지 목이 따끔따끔할 정도로 괴로울 뿐.

"몹쓸 식물 같으니라고!"

영미가 손바닥을 펼쳐 사향초를 향해 붉은빛을 발사했다.

츠츠츠츠……

엄청난 화기에 사향초가 재가 되어 사라졌다.

사향초가 완전히 재가 되어 사라지는 그 순간이었다.

크르르룽……

벽면이 돌아가는 소리가 나며 석실이 하나 나타났다.

10여 평은 되는 석실이다.

"헉!"

영미가 뭔가 발견하고 흠칫했다.

시신이다.

하얀 수염이 2미터는 늘어진 백발의 시신.

시신은 완전 미이라가 되어 썩지도 않고 보존되어 있었다.

돌로 된 침상 위에 반듯이 누워서.

영미는 시신 앞에 가서 절을 두 번 올렸다.

"죄송합니다! 영면을 방해해서."
영미가 공손히 절을 마치고 고개를 숙이며 말했다.

사르르룽……
무지개가 서리듯
오색찬란한 빛이 시신을 비추며 글이 되기 시작했다.

어서 오너라.
나는 무황이라 부르는 사하준식이다.
천국성에 나의 상대가 없어 우주를 다 돌아다니며 상대를 찾다
가 후인에게 남길 무황단만 분실했다.
다시 무황단을 만들려고 노력했으나 우주를 다 뒤져도 약초가
없어서 결국 만들지 못하고 315살의 나이로 이곳에서 생을 마
감하니.
후인이여.
미완성된 무황단을 그대가 완성하라.
단 1가지 약초가 모자라기 때문에 그 약초를 찾아 그 약초를 갈
아서 즙을 미완성된 무황단에 바르면 된다.
그 약초는 잎이 다이아몬드형으로 되어 있으며 100년에 잎이
하나씩 생긴다.
반드시 그 잎이 10개 이상이 되어야 효험이 있다.
냄새는 바로 후인이 태워버린 사향초와 같다.

나는 단 두 가지 무기와 기술로 무황이란 명칭을 얻었다.
그 두 가지 무술을 후인에게 전한다.

글은 사라지며 다시 생기기를 반복했다.

섬.
세상에서 가장 빠른 공격이다.
빛의 속도의 10배는 빠르다.
바늘 같은 작은 무기를 이용한 기술이다

화.
태운다.
손끝에 따라 모든 것을 다 태운다.
흙이든
바위든.
심지어 물까지도 태운다.
손톱처럼 생긴 무기를 이용한 기술이다.

무황의 무술이다.

글은 사라지고 한쪽 벽에 작은 공간이 생기며 뭔가 보였다.
엄지손가락 만 한 작은 상자다.
영미는 얼른 그 상자를 꺼내 품속에 넣었다.
다시 글이 나타났다.

무황단은 미완성이니 그대로 사용하면 죽음뿐이다.
반드시 완성 후 복용하라.

영미는 일어서서 다시 무황 시신을 향해 두 번 절을 했다.

다시 글이 나타났다.

후인이여.
부디 무황단을 완성하길 바란다.
얼른 이곳을 나가라.
이 동굴은 이제 나의 영원한 안식처가 될 것이다.

영미는 공손히 고개를 숙여 인사하고 급히 동굴을 벗어났다.

우르릉 쾅.
영미가 동굴을 벗어나자 동굴은 요란한 소리를 내며 무너져버렸다.

"무슨 일이냐?"
동굴 무너지는 소리에 놀란 자암옥 노인들이 우르르 몰려왔다.
"킥킥…… 별것 아니에요!"
영미가 시치미를 떼며 어슬렁어슬렁 걸어 혼자 사라졌다.
"저 녀석! 뭔가 기연을 얻은 것 같은데……!"
무신 심주덕이 사라지는 영미를 바라보며 말했다.
모두들 수긍하는 표정이다.

"그런데! 저 녀석 가는 방향이 5대 악인들 동굴이 아니냐?"

고림추이가 걱정스러운 표정으로 다른 노인들을 둘러보며 물었다.

"우리들 동생이 그까짓 5대 악인을 못 이기겠는가!"

무신 심주덕이 걱정 없다는 투로 말했다.

"그럼!"

"아무렴!"

모두들 영미를 믿는다는 표정으로 한마디씩 했다.

5대 악인들 동굴.

넓은 돌 식탁 위에는 푸짐한 식사가 차려져 있었다.

푹 삶은 닭과 돼지고기는 물론이고

각종 야채와 떡과 전도 만들어 푸짐하게 차렸다.

영미를 비롯해서

영미 오른쪽 옆에 자하경은이 앉아 있고 좌측엔 사녀가 앉아 있었다.

맞은편엔 소악녀와 마인이 앉아서 식사를 하고 있었다.

"그러니까 처제가 내일 우리 경은이를 데리고 나간단 말이지?"

마인이 영미를 바라보며 물었다.

"네! 경은이가 아직 경공을 다 익히지 못했지만 제가 안고 나가면 돼요!"

영미가 자신 있게 말했다.

"허……! 혼자서도 날아오르기 힘든 이곳 절벽을 경은이를 안고 간다고? 그걸 믿으란 말이에요?"

소악녀가 믿지 못하겠다는 표정이다.

"걱정 마세요! 충분히 오를 수 있어요!"

영미가 말했다.

"그래! 동생이 자신 있으니까 하는 말이지! 넌 이모를 너무 과소평가 하는구나."

사녀가 소악녀를 나무라듯 말했다.

"처제가 알아서 하겠지만 걱정이 되는 것은 사실이다!"

마인이 살짝 미소를 머금고 말했다.

아직 온전히 믿을 수 없다는 것이다.

"킥킥…… 내일 보시면 알아요! 새벽에 날이 밝기 전에 떠날 거예요! 치안국 경비들 눈을 피해야 하니까!"

영미가 말했다.

영미는 생글생글 웃고 있었다.

"그래! 그 시간이 경비병들 눈을 가장 속이기 쉽지."

사녀가 동의한다는 표정이다.

"아무튼 이모를 믿을 테니까 우리 경은이 다치지 않게 조심해요!"

소악녀가 영미를 바라보며 말했다.

그러나 표정은 믿을 수 없다는 표정이다.

"나의 동생이 생긴 날 기념으로 식사 초대를 했더니 이런, 이별식이 되었구나!"

사녀가 영미 등을 손바닥으로 톡톡 치며 말했다.

"엄마! 아빠! 그리고 이모! 전 작은 이모랑 나갔다가 반드시 같이 모시러 올게요!"

자하경은이 눈에 눈물을 글썽이며 말했다.

이별은 길건 짧건 슬픈 것이다.

"그래, 몸조심하여라."

마인 눈에도 반짝 이슬이 맺혔다.

"우리 딸을 바깥 구경을 시켜주는 고마움에 우리 부부가 작은 선물을 준비했다."

눈물을 감추려는 행동인가.

마인이 얼른 고개를 돌리며 옆 돌 위에서 뭔가를 꺼내 영미에게 내밀었다.

두 권의 책이었다.

영미는 그것이 마인과 사녀의 무술이란 것을 알았다.

"감사히 받겠습니다."

영미는 책을 두 손으로 받아 천천히 책장을 넘겼다.

한 손으로는 닭다리를 입으로 가져가 뜯어 먹으며.

빠르게 넘어가는 책장.

닭다리를 다 먹었을 때는 이미 책장을 다 넘긴 후였다.

"형부! 언니! 많은 도움이 됐습니다!"

영미는 무공 책을 다시 마인에게 돌려줬다.

"이미 다 배운 것이냐?"

마인이 못 믿겠다는 표정으로 물었다.

"네!"

영미는 생글생글 웃으며 대답했다.

"허풍……!"

소악녀가 발끈해서 소리쳤다.

영미는 그런 소악녀를 바라보며 생글생글 웃기만 했다.

"그럼 이것도 읽어봐요!"

소악녀가 자신의 무공 책을 던지다시피 영미에게 내밀었다.

소악녀의 무공은 대악녀와 대악인의 무공이 합쳐진 것으로 사악하기 그지없었다.

영미는 단 1분 정도 지나서 다 읽고 소악녀에게 책을 돌려줬다.

"이……!"

소악녀가 뭔가 말을 하려다가 멈췄다.

영미가 입으로 뭔가 중얼거리기 시작했기 때문이다.

"살. 오직 죽음의 무술이다. 반드시 죽여야 할 상대가 아니면 사용하지 말라."

영미는 책 내용을 줄줄 외우기 시작했다.

그냥 외우는 것만 아니라 자세한 설명까지 붙여 말했다.

"허어……! 과연 처제는 천재로다!"

마인이 감탄사를 연발했다.

소악녀도 입만 벌리고 있었다.

"이모가 최고야!"

경은이 영미에게 엄지손가락을 치켜세우며 말했다.

사녀는 그냥 흐뭇한 표정으로 웃기만 했다.

"내일 새벽 5시쯤 연못 가운데 바위에서 만나자!"

영미는 경은에게 말했다.

"엥? 거기서?"

경은이 의아한 표정을 지었다.

"응! 거기서 날아오를 거야!"

영미가 말했다.

"절벽 밑에서 오를 게 아니고?"

사녀가 의아한 표정으로 영미에게 물었다.

마인도 소악녀도 의아한 표정으로 영미를 바라보았다.

"절벽 위에 경비병들 시야에서 가장 먼 곳. 자암옥 분지 정가운데서 날아올라 저 위 구름 위로 갈 겁니다!"

영미가 생글거리며 말했다.

소악녀는 물론이고 마인도. 사녀도. 도무지 믿을 수 없다는 표정으로 영미를 바라보았다.

"킥킥…… 내일 보시면 알아요!"

영미가 생글생글 웃으며 말했다.

모두 믿기지 않는 표정으로 영미를 바라보았다.

그렇게 5대 악인들 아니 3대 악인들과 자하경은과의 마지막 만찬은 끝이 났다.

"이 녀석이 아무래도 내일 떠날 눈치던데."

청살지 박우혜가 안정부절못하고 왔다 갔다 하며 중얼거렸다.

박우혜의 동굴이다.

지금 자암옥 모든 노인들이 다 모여서 영미를 기다리고 있었다.

동굴 가운데는 길게 돌 탁자를 늘어놓고 음식을 가득 차려 놓았다.

영미와의 만찬을 준비한 것인데

영미가 나타나지 않고 있었다.

"언제부터 5대 악인들과 친해졌지!?"

무신 심주덕이 박우혜와 고림추이를 바라보며 물었다.

"아마 오늘 첨인 것 같네!"

고림추이가 대답했다.

"그렇다면 모조리 제압하고 있는 모양이군!"

무영투가 말했다.

"그럴 리가! 영미가 그런 아이는 아니지. 아마 우리처럼 의형제자매를 맺었을걸!"

이지함이 말했다.

"암!"

"암!"

독신 이지예와 의신 자문강후가 고개를 끄덕거렸다.

어디가 많이 아픈지 초췌한 모습으로 앉아있던 비마 자량후민도 고개를 끄떡거렸다.

휘잉.

작은 바람이 일고.

"비마 사부님 많이 아프세요?"

언제 나타났는가.

영미가 비마 손목을 잡고 물었다.

"헉……!"

"언제……!"

모두들 소스라치게 놀랐다.

비마 자량후민 놀라움은 더욱 컸다.

비록 방심하고 있었다 하지만 자신의 손목을 움켜잡을 때까지 몰랐다는 것을.

"엥! 위에 염증이 있고 근육통에 몸살까지 겹쳤네요!"

영미가 다른 사람들 놀란 표정은 모른 체 비마 자량후민 팔뚝을 걷고 품속에서 거무칙칙한 침을 하나 꺼냈다.

"헉! 독신 이지예의 생독침!"

모두들 놀라서 한마디씩 하는데 이지예 눈에는 반짝, 이채가 빛났다.

어떻게 사용하나 보려는 것이다.

영미는 손에 생독침을 들고 내력을 끌어올렸다.

영미의 손은 투명하게 변했다.

"엥? 무영투의 무형수……!"

모두들 의아한 표정을 지었다.

소매치기를 할 때 사용하는 무술이었기 때문이다.

영미는 모든 사람들 소리를 못 들은 척 빠르게 8번을 비마 자량후민 팔뚝을 생독침으로 찌르고 빼기를 반복했다.

"저건! 자문강후의 침술인데!"

"침에 내력을 넣어 내상을 치료하는 중이네요!"

이지예가 말하고 박우혜가 설명했다.

모두 8번을 찌르고 난 후 영미는 침을 품속에 넣고 생글생글 웃으며 의자에 앉았다.

"괜찮죠?"

영미가 비마 자량후민에게 묻는 말이다.

"그래! 신통하구나!"

자량후민이 몸을 으쓱하며 말했다.

자량후민 표정에는 영미를 대견스러워하는 표정이 역력했다.

"모든 언니 오빠들 어떻게 알았어요? 제가 내일 떠난다는 것을?"

영미가 푸짐한 상을 바라보고 모든 노인들 표정을 하나하나 살피며 물었다.

"이놈아! 그런 것도 모르면 오빠라 하겠느냐?"

"언니니깐 알지!"

무신과 박우혜가 차례로 대꾸했다.

"킥킥…… 눈치들은 100단이라니깐!"

영미가 생글거리며 말했다.

그런 영미 눈에도 반짝 이슬이 맺혔다.

"새벽에 떠날 것 같아 저녁이라도 함께 먹으려고 했는데 널 보니 이미 많이 먹고 왔구나!"

고림추이가 말했다.

"아니에요! 더 먹을 수 있어요!"

영미는 얼른 식탁에 놓여있는 떡을 하나 들어 입으로 가져가 먹기 시작했다.

영미 눈에도 어느새 눈물이 흘러내렸다.

"녀석! 그래! 많이 먹어라!"

박우혜가 눈에 눈물을 글썽이며 목멘 소리로 말했다.

"제가 나가서 기필코 감찰어사가 될게요! 그래서 언니. 오빠들 석방 시킬게요!"

영미가 말했다.

"그래! 그것이 네가 떠날 때 준다는 선물이지?"

무영투가 고개를 끄덕거리며 물었다.

"사실은 제 조카를 맡기려 했는데. 데리고 나가기로 마음을 바꿨어요!"

영미가 다시 생글생글 웃었다.

"조카라니?"

모두들 한목소리로 물었다.

"사녀와 마인 사이에서 태어난 딸이에요!"

영미가 별것 아니라는 투로 말했다.

"크크…… 나도 언제부터인가 그런 느낌을 받았지만 영미 네가 나보다 먼저 그걸 눈치 챘구나? 사녀가 아기를 낳을 것이라는 것을?"

무신이 영미를 신통하다는 표정으로 바라보며 물었다.

"네! 그래서 그들이 착한 마음을 가졌으면 그냥 의형제자매를 맺고 사악하면 혼내주려고 갔는데, 그만 사녀와 의자매를 맺었어요!"

영미가 말했다.

"그래, 그랬었군!"

모두들 고개를 끄덕거렸다.

"자, 우리 의형제 자매들이 막내를 바깥세상에 내보내는 마지막 밤인데 한잔 술이 없어서야 쓰나! 자! 한 잔씩들 받으라고!"

고림추이가 술을 한 병 들고 각자 앞에다 한 잔씩 따르기 시작했다.

"제가 따를게요!"

"당연히 내가 한 잔씩 따라야지! 다음 잔은 네가 따라라!"

영미가 술병을 받으려 하자 고림추이가 영미 어깨를 잡고 앉히며 말했다.

"자, 우리 막내 영미의 앞날을 위하여……."

술잔을 다 같이 들고 모두 외치며 단숨에 들이켰다.

영미가 일어나 다시 한잔씩 따랐다.

"우리들의 새로운 앞날을 위하여…… 건배!"

모두들 다시 한 잔씩 했다.

밤은 그렇게 깊어만 갔다.

잔뜩 구름이 가득한 하늘 저 한편으로 오색찬란한 빛이 물들기 시작하였다.
오색찬란한 빛은 온통 하늘을 형형색색 그림자로 가득 채웠다.
천국성 새벽은 항상 이렇게 시작된다.
구름이 있는 날은 더욱더 그렇다.
작고 큰 구름들이 떠오르는 태양 빛과 어우러져 조각조각 형형색색 그림자를 마치 하늘 가득 날아다니는 새처럼 만든다.

자암옥 중앙.
큰 연못 가운데.
10여 평은 되는 넓은 바위가 물 위로 우뚝 솟아 있었다.

그곳에 영미를 비롯해 자하경은이 나란히 서 있고
그 앞에 자암옥 모든 사람들이 나란히 서서 영미와 자하경은을 바라보며 눈시울을 적시고 있었다.
"영미야! 잘 가거라!"
"경은아! 잘 가라!"
박우혜와 사녀가 한마디씩 하는 것을 시작으로.
모두들 마지막 인사를 했다.
"여러 언니 오빠들. 그리고 특히 조카 소악녀. 내가 꼭 데리러 올 테니 건강하게 잘 있고……."
영미는 목메는지 마지막 말을 더 못했다.

"그래! 기다리마!"

모두들 한마디씩 했다.

"헹……! 가자!"

영미는 흐르는 눈물을 보이기 싫었던지 얼른 자하경은을 옆구리에 끼고 하늘을 날아오르기 시작했다.

"혁……!"

모두들 기절할 정도로 놀라며 하늘 위로 날아오르는 영미를 바라보았다.

영미는 경은을 옆구리에 낀 채 수직으로 천천히 하늘을 날아오르고 있었다.

"정말이지 건강하셔야 해요!"

영미가 남은 한쪽 손을 들어 손을 흔들고 있었다.

"저…… 저런……! 경공이 있었던가! 어디서 배운 경공이지!"

모두들 서로의 얼굴을 한 번씩 쳐다보고 하늘을 오르는 영미를 바라보며 한마디씩 했다.

천천히 오르던 영미는 땅에서 20여 미터 오르자 갑자기 번개 같은 속도로 위로 솟구쳐 구름 속으로 사라졌다.

"우아……! 세상에 눈으로 보고도 믿을 수 없군!"

소악녀가 소리쳤다.

소악녀 말에 모두들 동의한다는 듯 고개를 끄떡거렸다.

자암옥에 실수로 떨어진 4살짜리 영미는 그렇게 10년 만에 자암옥을 탈출했다.

"

지구인들이 신이라고 믿는 자들.
우리별에서 추방당한 악마가 만든 인조인간에 불과해.
그들 지능이 300은 되고
나는 그들을 만든 그 악마를 잡으러 온 감찰어사야.

"

제9장

태상감찰어사

마나목.

천국성에서 가장 흔한 나무다.

잎이 가로 1미터 세로 4미터 정도 되는 큰 잎을 자랑한다.

나뭇잎에는 작은 솜털이 있는데

이 솜털이 파리와 모기 등. 곤충을 잡아먹는다.

특이한 나무로 나무의 수액은 인간의 피와 같다.

인간들의 피와 마찬가지로 여러 가지 형태로 나누는데 A형, B형, O형, AB형 등을 그 나무에서 얻을 수 있다.

사람들이 급히 피가 필요하면 그 마나목에서 수액을 정제해서 맞는 피를 얻을 수 있어 편리하다. 마나복은 천국성 과학이 탄생시킨 인소나무로서 이미 100여 년 전에 만들어져 보급됐다.

마나목이 큰 잎을 늘어뜨리며 5미터 정도 자란 나무 사이로 천연적인 대문이 있고 바닥엔 푸른 수정으로 촘촘히 깔아 길을 만들었다.

옆으로는 다이아몬드 담장이 햇빛을 받아 찬란한 빛을 뿌리고 길게 이어져 있었다.

담장 아래로 조그만 나무가 드문드문 심겨 있는데.

무지개색의 열매가 계란 정도 큰 것이 한두 개씩 달려 있었다.

단무실.

작은 나무에 달리는 아무런 맛도 없는 열매란 뜻을 가진 열매다.

그러나 이 열매도 인간들에게 소중한 것을 제공하는데

바로 젊음을 유지시켜주고 장수하게 하는 소중한 열매다.

길게 이어진 길을 따라가면 다이아몬드가 움푹 파인 천연적인 샘이

나오는데.

그 물 빛깔이 초록색이다.

녹수.

인간들이 마시면 눈이 밝아지고 잔병이 없어진다는 물.

녹수는 다이아몬드 웅덩이를 가득 채우고 앞쪽으로 졸졸 흘러넘치

고 있었다.

흘러넘친 녹수는 좁은 통로를 통해 흘러갔다.

통로는 황금색 호박으로 만들어져 있었다.

통로를 빠져나온 녹수는 작은 연못으로 들어갔다.

다이아몬드와 자수정, 황수정 등으로 만들어진 연못 크기는 고작해

야 2평 정도 됐다.

연못에는 가늘고 긴 투명한 물고기들이 헤엄쳐 놀고 있었다.

치무어.

물고기 이름이다.

사람이건 곤충이건 연못에 들어오면 모조리 뜯어 먹는다.

육식을 하는 물고기다.

가장 강력한 독을 가지고 있는 물고기.

독 이름은

어독이라 부른다.

어독은 암이나. 인간에게 생긴 염증을 말끔히 치료하는 약으로 쓰인다. 천국성에서 이미 500여 년 전에 멸종된 물고기를 화석에서 채취한 유전자로 복원시켜서 사람에게 필요한 약용으로 쓰는 1호 물고기다.

연못을 지나면 백수정을 길게 사각으로 다듬어 가지런히 화단을 만들어 놓았다.

화단에는 사람 키 정도 크기의 과일나무가 촘촘히 심겨 있었다.

나무에는 먹음직스러운 주먹만 한 과일이 노랗게 익어 주렁주렁 매달려있었다.

황도.

노란 복숭아다.

지구에서 가지고 와서 개량을 한 과일이다.

환자들이 먹으면 원기 회복을 바로 시켜주는 과일이다.

화단 사이로 계단이 두 개 놓여 있었다.

계단 역시 다이아몬드를 깎아서 만들어 놓았다.

천국성에서 가장 흔한 돌이 다이아몬드다.

계단에 올라서니 다이아몬드를 깎아 벽을 쌓아 만든 2층 건물이 나타났다.

건물 앞 현관 위에는 한자로 이렇게 쓰여 있었다.

醫門.

천국성의 의사들 집단.

의학을 연구하고 약을 개발하고 만들고

병원이나 약국을 운영하는 모든 권한이 의문에 있다.

의학을 연구하는 연구원이 300여 명.

약을 연구 개발하는 연구원이 300여 명.

의사 2만여 명.

약사 2만여 명.

최고위 의결위원 30명으로 이루어진 집단.

문주와 부 문주가 있고.

문주를 호위하는 특급 무공고수들이 50여 명 있다.

현관을 들어서면 200여 평 되는 길고 넓은 회의실이 나타난다.

1층은 회의실이고 2층은 문주와 부 문주실과 최고위 의결위원 집무실이 있다.

1층 회의실에는 400개 좌석에 각양각색 사람들이 앉아 있었고

단상에는 30개 의자가 길게 늘어져 있었으며 의자에 하얀 양복을 입은 사람들이 조용히 앉아 있었다.

잠시 침묵이 흐르고.

단상 우측 문이 열리며 하얀 양복을 입은 30대 남자가 들어와 단상 가운데 놓인 마이크 앞에 섰다.

"지금부터 의문 제6대 문주 취임식을 거행하겠습니다."

하얀 양복을 입은 30대 남자가 사회를 맡은 모양이다.

짝짝짝.

박수가 터져 나왔다.

"그동안 문주패를 분실하여 임시 문주직을 맡아 오셨던 박지수님은 오늘로써 문주 자리를 물러나시고… 이제부터 정영미님이 의문의 6대 문주로 취임하셔서 의문을 이끌어 나가실 겁니다! 정영미님은 비록 나이는 어리시지만 전임 문주님으로부터 모든 의술을 전수받으심은 물론, 자하령님과 생사인님의 의술을 모두 이어받으신 분입니다. 여러분, 새로운 문주님입니다. 박수로 맞아 주십시오!"

사회자가 큰 소리로 외치자 모두 일어서서 박수를 쳤다.

단상의 오른쪽 문이 열리며 영미가 하얀 가운을 입고 들어섰다.

영미 옆에는 자하경은이 같이 걸어 나왔다.

"안녕하십니까? 정영미입니다! 이제 14살 어린 나이로서 의문의 문주가 된다는 것이 몹시 부담스럽고 오랜 경험과 경륜이 있으신 선배님들께 죄송스러워 고개를 들 수 없습니다! 앞으로 많은 가르침 부탁드립니다!"

영미가 큰소리로 인사말을 했다.

"이미 어제 최고위 의결위원 회의에서 만장일치로 선출되셨기에 오늘 취임식을 거행하는 겁니다! 문주님께서는 너무 겸손하십니다!"

사회자가 한마디 했다.

"와!"

짝짝짝……

함성과 박수가 터졌다.

"오늘부터 본 문주는 의문을 위해 최선의 노력을 할 것이며 새로운 기구를 하나 더 만들려고 합니다!"
영미가 다시 외쳤다.
장내는 잠시 조용해졌다.

"새로운 기구는 우주선을 만들어 약초를 수집하는 업무를 맡게 될 겁니다. 우리 천국성은 너무 작은 별이기에 약초가 그리 많지 않습니다. 여기서 빛의 10배 속도로 일주일 정도 가면 지구라는 별이 나온다 합니다. 그곳엔 약초가 많다고 전해졌습니다. 또한 한 달 정도 걸리는 다른 별에도 약초가 많다는 정보를 입수했습니다! 우린 공업문에만 의존하지 말고 스스로 약초 수집용 우주선을 만들어야 합니다! 적어도 2대 이상은 되고 탑승 인원도 5명 이상은 돼야 약초를 수집할 수 있을 겁니다! 약초며 약제로 쓸 모든 것을 수집해서 가지고 와야 우리 의문이 천국성 최고의 문파가 될 수 있습니다!"
영미가 자신의 포부를 밝혔다.

짝짝짝……
모두 일어서서 박수를 쳤다.

"새로운 기구는 임시 문주인 제가 맡아 우주선을 만들 겁니다. 전임 문주께 여기 자하경은을 부탁드립니다! 의학 연구에 많은 도움이 될 겁니다."

영미가 단상 의자에 앉아있는 50대 머리가 희끗희끗한 남자에게 말했다.

"허허…… 부탁이라니요! 당치도 않습니다! 문주께서 명령만 내리시면 됩니다!"

50대 남자가 호탕하게 웃으며 일어서서 말했다.

"하하하……."

모두들 한바탕 웃었다.

"저는 욕심이 많아서…… 醫門主 하나로는 만족을 못 합니다!"

영미가 말했다

생글생글 웃으면서……

"무슨 말씀이신지?"

전임 문주가 의아한 표정을 지었다.

"武門主도 되려고 합니다!"

영미가 말했다.

"허허…… 정말 욕심이 많군요! 한 달 뒤에 무문의 문주를 뽑는 무술대회가 열립니다! 거기서 우승해서야 하는데."

전임 문주가 영미 아래위를 보며 안 될 것 같다는 표정이다.

"하하하……."

다들 그렇게 생각하는지 웃었다.

"우리 이모는 무신이에요! 아무도 못 당해요!"

자하경은이 어깨를 으쓱하며 말했다.

"허……!"

모두 못 믿겠다는 반응이다.

"킥킥…… 그럼 응원이나 해주세요! 한 달 동안 우주선이나 만들고 무문이나 접수해야겠습니다."

영미가 말했다.

"자, 여러분! 앞으로 많은 협조 부탁드리며 오늘 취임 인사는 여기까지만 하겠습니다!"

영미가 오른손을 번쩍 들고 외쳤다.

"와……."

짝짝짝……

함성과 박수가 터져 나왔다.

의문 2층 문주실.

영미가 나무로 만든 소파에 푹 파묻혀 쉬고 있었다.

잠이 들었나.

영미는 조금의 움직임도 없었다.

스르륵……

자동문이 조그만 소음도 없이 조용히 열렸다.

자하경은이 쟁반에 찻잔을 두 개 받쳐 들고 들어왔다.

"이모! 자는 거야?"

영미를 보고 자하경은이 물었다.

"아니! 경은이 왔어?"

영미가 소파에 비스듬히 누워있던 몸을 조금 바로 앉으며 자하경은을 바라보았다.

"커피 한 잔. 헤헤……."

자하경은이 찻잔을 탁자에 내려놓으며 말했다.

"커피……! 그래! 이 커피도 지구라는 별에서 묘목을 가지고 와서 키웠다고 했지."

영미가 커피잔을 들어 입으로 가져갔다.

"흠……! 커피 향. 생전 처음 맛보는군!"

영미가 한 모금 마셔 보았다.

"이모도 첨이지? 나도 첨이야! 헤헤…… 이모가 아니었으면 아마 이런 재미도 몰랐을 텐데."

자하경은이 말했다.

"그런데. 이모는 왜 부모님 안 찾아가?"

자하경은이 갑자기 생각난 듯 영미에게 물었다.

"웅! 그러니까 내가 4살 때, 자암옥에 실수로 떨어지던 그 5일 전이었을 거야!"

영미가 눈에 눈물을 글썽이며 말을 이어갔다.

"그날은 천둥 번개가 요란하게 치고 비가 엄청나게 쏟아졌어."

영미가 슬픈 눈으로 이야기를 시작했다.

우르르…… 쾅!

번쩍……

쾅……!

쏴아.

칠흑같이 어두운 밤.

엄청나게 쏟아지는 빗속을 헤치고 영국은 4살짜리 동생 영미를 업고 부지런히 달리고 있었다.

친구 집에 놀러 갔다가 집으로 돌아오는 것이었다.

영미의 아버지는 농업문의 연구원이었다.

영미 어머니는 의문의 의사였다.

영미 아버지는 뭔가 연구를 하여 요즘 완성 단계에 있었다.

영국은 영미를 업고 집에 거의 도착하여 이웃집 처마 밑에서 잠시 쉬고 있었다.

영미는 피곤한지 콜콜 잠이 들어 있었다.

영국은 영미를 등에서 내려 앞으로 안았다.

그런 영국의 눈에 이상한 사람들이 보였다.

검은 그림자들이 영국이네 집으로 들어가는 것이 보였던 것이다.

이상하게 생각한 영국은 영미를 이웃집 자율선에게 맡기고 집으로 향했다.

자율선은 영미네 집에서 100여 미터 떨어져 있었다.

영미보다 3살 많은 자율선은 영미를 무척 좋아했다.

영국이 영미를 잠시 봐달라고 부탁하자 자율선은 얼른 영미를 안고 자기 방으로 데리고 들어갔다.

무슨 일이 있었는지.

그날 영미를 자율선에게 맡기고 집으로 간 오빠 영국은 다시는 돌아오지 못했다.

영미 부모님도, 오빠도 싸늘한 시체가 되어 이웃 사람들과 친척분들이 장례를 치르고 난 며칠 후 겨우 영미에게 말해주었다.

그 후.

그렇게 영미를 좋아하던 자율선도 이상하게 영미를 가끔 못살게 굴기도 했다.

그래도 자율선 부모님들 호통에 늘 영미를 데리고 놀아줬다.

그러다가 자암옥에 떨어진 것이다.

"흑…… 몰랐어! 이모가 그런 사연이 있을 줄. 흑……."

자하경은 영미의 이야기를 듣고 울음을 터뜨렸다.

영미도 한동안 눈물을 흘리며 말이 없었다.

"자율선이 먼저 자암옥을 탈출하며 탈출구를 막은 것도 아마 영미를 못 나오게 하려는 의도가 있었을 거야! 킥킥……."

영미가 눈물을 닦고 생글생글 웃었다.

"이모! 그럼 아직도 부모님을 해친 자들을 모르는 거야?"

자하경은이 그렇게 묻고는 쑥스러운 듯 미소를 지었다.

함께 자암옥에 있다가 나왔으니 모르는 것은 당연한 것을 물은 자신이 쑥스러운 것이다.

"감찰어사가 되면 알아보려고. 킥킥……."

영미가 감찰어사가 되려는 목적이 바로 그것이었다.

부모님을 죽인 원수를 찾아 죄를 물으려고.

"그럼! 자율선은?"

자하경은이 물었다.

자율선은 만나지 않겠냐는 것이다.

"아마 무문주 뽑는 무술대회에 나오거나 감찰어사를 뽑는 시험에 나오겠지. 그때 만나게 될 거야!"

영미는 특유의 생글생글 웃는 밝은 표정으로 돌아왔다.

"이러고 있을 때가 아니야! 얼른 우주선을 만들어야지."

영미는 자리에서 일어나 책상으로 갔다.

"경은이가 좀 같이 있어 줄래?"

영미가 물었다.

"응!"

자하경은이 얼른 대답했다.

고리타분한 늙은이들 틈에 끼어 연구다 뭐다 하려니 한숨만 나왔는데 영미가 같이 있자고 하니 무척 반가웠다.

"그럼 가장 빠르게 날 수 있는 우주선 모형 좀 그려봐! 나도 그려볼게."

영미가 종이와 펜을 자하경은에게 줬다.

"난 우주선이 뭔지도 모르는데?"

자하경은이 물었다.

우주선이 뭐냐고 묻는 것이다.

"우주선이란 공업문에서 만든 엔진을 달아서 저 하늘 높이 별나라로 이곳저곳을 다닐 수 있는 나르는 물체야!"

영미가 자세히 설명을 했다.

"그러니까 바람 저항을 최대한 줄이고 빠르게 날 수 있어야 하며 약제와 사람을 태울 수 있어야 하겠지."

영미는 우주선에 대하여 자세히 아는 대로 말해주었다.

영미는 발명왕과 의학박사 등에게서 많은 지식을 쌓았다.

그래서 우주선이란 것을 훤히 안다.

특히 무황이나 무신 등 무술을 가르쳐준 사부들에게서 많이 배웠다.

"아하……! 알았다! 그럼 누가 더 좋은 걸 그리나 내기하자!"

자하경은이 자신 있다는 투로 말했다.

"그래! 지는 사람은 하루 동안 심부름하기."

영미가 말했다.

둘은 그렇게 우주선 모델을 그리기 시작했다.

천국성 의사 집단 의문 문주실에서.

잠실 야구장.

프로야구 s 구단과 w 구단의 경기.

준석은 형 준호가 소속된 w 구단 경기에 선녀를 데리고 구경을 왔다.

요즘 선녀가 기분이 무척 안 좋았다.

왜 그런지 이유는 말하지 않았지만.

가끔 눈물을 흘리곤 했다.

그런 선녀 기분을 풀어 주려고 준석이 자신도 그렇게 좋아하지 않는 준호의 야구 경기를 보려고 온 것이다.

준석은 선녀를 데리고 w 구단 덕 아웃 뒤에 자리를 잡고 앉았다.

야구 경기는 이제 3회 말을 시작하고 있었다.

이미 점수는 2대 0으로 s 구단이 앞서고 있는 상황에서 w 구단의 3회 말 공격이 시작되었다.

"3번 타자 세컨베이스맨 심우빈"

장내 아나운서가 들어서는 타자를 소개하고 있었다.

탁.

투수가 던지는 볼을 힘껏 휘두른 김우빈.

그런데,

그 공이 뒤로 날아 하필이면 선녀 머리 위로 떨어졌다.

물론 그물을 맞고 굴러 떨어진 공이기에 아프지는 않았다.

다른 생각에 공이 날아오는 것을 못 본 선녀는 머리에 맞은 화풀이로 공을 손에 들고 그물을 날아 넘어 타자 김우빈에게로 달려갔다.

"너! 죽을래?"

다짜고짜 김우빈 멱살을 잡은 선녀는 투수 앞까지 던져 버렸다.

선녀를 말리려고 자기도 모르게 하늘을 날아 선녀 옆으로 온 준석이 선녀 팔을 잡고 말리려는데.

"비켜!"

선녀가 준석을 밀치고 손에 잡고 있던 공을 그대로 투수를 향해 던졌다.

피융.

마치 총알같이 날아가는 야구공.

투수는 예상하고 있었다는 듯 옆으로 넘어지며 겨우 비켰다.

공은 그대로 일직선으로 날아가 외야 철망을 그대로 강타했다.

공은 청망을 뚫고 계단을 그대로 때리며 산산이 부서졌다.

"와아……!"

관중들은 흥미로운 구경거리에 환호성을 질렀고.

심판이나 경찰들도 말리려는 생각은 뒷전이고 구경을 하느라 정신이 없었다.

그런데.

츠츠츠……

회오리바람이 선녀와 준석을 그대로 휘감으며 선녀와 준석을 하늘 높이 날아 올렸다.

야구장 외야석에서 검은 그림자가 하나 하늘 높이 날아올라 선녀와 준석을 양손에 낚아챘다.

검은 그림자는 선녀와 준석을 양쪽 옆구리에 하나씩 끼고 하늘 저편으로 번개같이 사라져갔다.

따스한 늦은 봄 어느 날.

야구장에서 생긴 일이었다.

천국성에서 대중 교통수단은 오직 하나다.

지구에서 택시와 버스 기차 화물차 자가용 등 많고 많지만,

지구에서 빛의 2배 속도로 15일을 날아가야 만날 수 있는 천국성은 지구의 3분지 2정도 되는 별에 대중교통 수단은 오직 하나뿐이다.

인구가 겨우 5천만 명 정도뿐인 것도 이유지만,

사람 개개인이 하늘을 날 수 있는 장치를 양말처럼 신고 다니기에 대중교통수단이 그리 필요하지는 않다.

다만 농기계와 노약자들이나 짐을 옮길 때 주로 이용하는 교통수단이다. 물론 하늘을 날아다니는 자가용 비행물체가 있어서 짐을 싣기도 하지만 비행물체는 공기 중에 떠 있어야 비행물체로 허가가 나온다. 그 이유는 추락을 방지하고 사람이 다치는 것을 방지하기 위해 천연 무공해 연료로 엔진을 가동하지 않아도 공중에 뜨도록 만들어야 하는 것이다.

횡로.

대중교통수단 이름이다.

그냥 그 도로에 올라서 있으면 도로가 움직이므로 목적지에서 내리면 되는 것이다. 도로를 그렇게 만든 이유는 교통사고를 없애고 동물이나 자연의 작은 생명들까지 보호를 하기 위해 만든 도로였다.

태양 에너지와 다이아몬드 석에서 나오는 에너지로 움직이는 도로.

그 횡로 옆으로 반짝반짝 빛나는 둥근 원형 커다란 아치가 세워져 있고

그 아치 위에는 넓은 사각 백수정이 양쪽으로 하나씩 두 개가 아치에 붙어있다.

그 백수정에는 한자로 이렇게 쓰여 있다.

武門.

천국성 무술의 문.

천국성 무기의 문.

천국성 모든 힘은 무문에 있다.

무문은 천국성 국방과 치안을 담당한다.

또한 무기를 개발하고 만들어 다른 별에 판매를 하기도 한다.

판매는 상인문에서 위탁 판매를 한다.

무문의 가장 큰 힘은 400년 꾸준히 연구 개발하고 숙련한 무술과 무기에 있다.

무문은

국방을 담당하는 군인 3만여 명.

치안을 담당하는 치안국 2만여 명.

무기를 개발하고 만드는 개발국에 5천여 명.

무공을 연구 보급하고 지도하는 지도국에 3천여 명.

무문에 입문 무공을 배우고 수련하는 무술인 10만여 명.

보안, 정보 담당하는 정보국에 1만여 명.

관리 감독하는 관리국에 1천여 명.

문주를 비롯해 결정권 위원회 2백여 명.

천국성에서 가장 많은 인원을 보유한 문파가 무문이다.

무문은 반짝이는 둥근 아치형 관문을 지나면

다이아몬드로 된 모형 무기들이 양옆으로 늘어선 5미터 정도 넓은 길을 따라 0.5킬로미터쯤 걸어가면 웅장한 건물이 넓은 운동장 건너편에 나타난다.

10만여 평 되는 넓은 운동장이 있고.

운동장 가장자리로는 온갖 나무들이 빽빽이 늘어져 있고 천국성에서 유일하게 나무로 된 웅장한 목조 건물이 그 넓이만도 3천여 평 정도 된다.

2천여 평 본 건물과 뒤쪽 1천여 평 되는 밀실이 있다.

특이하게도 무문을 지은 목조 건물은 수. 화. 불침이다.

물에도 젖지 않고 불에도 타질 않는다.

장석목.

긴 돌 나무라 부르는 나무다. 이 나무 역시 화석에서 유전자를 채취해서 복원시킨 1,000년 전 나무로 개량된 나무였다.

돌처럼 단단한 나무로서 다이아몬드 톱으로만 잘린다.

나무 보호를 위해 벌목 금지령을 내리기 전에 지은 건물이다.

본 건물에는 현관문이 3개 있다.

우측으로부터.

정보국.

관리국.

회의실.

이렇게 쓰여 있다.

치안국과 국방국, 개발국, 지도국은 별도로 다른 곳에 건물이 있다.

뒤쪽 밀실은 결정권 위원회와 특별 손님을 접대하는 장소가 있다.

1천여 평 중 5백여 평을 결정권 위원회에서 각 사무실로 사용하고 5백여 평은 객실로 되어 있다.

이웃 별나라에서 오는 사절단을 맞이하는 장소다.

목재로 된 회의실 문을 열고 들어서니 8백여 평 되는 넓은 회의실에 1천여 명의 내외 귀빈들이 앉아 있고 가운데 1백여 평 정도 되는 연무장이 설치되어 있었다.

회의실 왼쪽 창문 너머로 카메라맨들이 10여 대의 카메라를 연무장을 향해 촬영 준비를 하고 있었다.

오른쪽 창문 너머로 장내 아나운서가 마이크 앞에 앉아 있었다.

"지금부터 무문 제7대 문주를 뽑는 무술대회를 개최하겠습니다!"

장내 아나운서 목소리가 들렸다.

"이미 예고 해드린 대로 무기는 절대 사용을 할 수 없고 대련 도중 죽음에 대한 책임은 도전자 본인에게 있음을 알려드립니다! 출신 성분을 떠나 누구나 참여가 가능하고 최종 우승자에겐 무문의 문주직과 문주에게만 전해지는 무기와 그 무기를 다룰 수 있는 무술 비급이 수여됩니다! 도전자 총 2만 3천 명 중 예선전에서 최종 본선에 오른 12명이 지금부터 무문의 문주직을 차지하기 위한 대련에 들어가겠습니다!"

장내 아나운서는 잠시 숨을 돌리고,

"단 우승자라 하여도 최종 심사에 통과하지 못하면 우승 자격을 박탈당하게 됩니다. 최종 심사란 문주에게만 전해지는 무술 비급을 단 3분 동안 보고 완전히 익혀야 하는 시험입니다. 이는 무문 문주 자격은 무술에 그만큼 능통해야 한다는 뜻입니다. 타고난 재능이 없으면 총 20장의 비급을 3분 동안 다 읽지도 못합니다. 그럼 첫 번째 도전자는 무문의 박노직. 공업문의 고림희. 두 분은 연무장으로 나오시길 바랍니다!"

장내 아나운서 말이 끝나기 무섭게 녹색 옷을 입은 20대 여인이 긴 검은 머리카락을 날리며 사뿐히 연무장으로 날아내렸다.

쿵쿵.

바닥이 쿵쿵 울리며 거구의 남자가 뚜벅뚜벅 걸어서 연무장으로 나왔다.

"공업문의 고림희입니다!"

여인이 먼저 귀빈들을 향해 인사를 올렸다.

짝짝짝……

박수가 인사를 답례했다.

"무문의 박노직입니다!"

거구의 남자가 인사를 올렸다.

짝짝짝……

역시 박수로 귀빈들은 답례했다

"이번에 무문에서 총 271명이 도전했는데 12명 본선엔 3명이 올라왔습니다! 그중 첫 번째 도전자 박노직은 괴력을 소유해서 한번 잡히면 어느 부위든 부러져 나갑니다! 반면 공업문 고림희님은 화려한 무술의 소유자로서 가장 유력한 우승 후보입니다! 그럼 대련을 시작하겠습니다!"

장내 아나운서 말이 끝나고 종소리가 울렸다.

땡.

대련 시작을 알리는 종소리다.

거구의 남자는 몸이 좀 둔해서 고림희를 잡지 못하고 연신 고림희의 빠른 공격에 얻어맞기만 했다.

그러나 고림희의 공격이 거구의 남자에겐 그리 큰 타격을 주지는 못하는 듯했다.

언어맞으면서도 달려들어 고림희를 잡으려고 했다.

고림희는 미꾸라지처럼 잘 빠져나갔다.

10여 분 시간이 흐르고.

그 큰 거구의 남자는 큰 대자로 누워버렸다.

작은 매라도 많이 맞은 것이 치명타였다.

"공업문의 고림희님 승리하셨습니다! 다음 도전자는 역시 무문의 자하도영과 농업문의 심보경. 두 여성의 대련이 시작되겠습니다. 두 분께선 연무장으로 나오시길 바랍니다!"

장내 아나운서 말이 끝나기 무섭게 검은색 옷을 입은 짧은 머리의 여인과 붉은 옷을 입고 머리를 뒤로 가지런히 묶어 올린 여인이 동시에 연무장으로 들어섰다.

"농업문의 심보경입니다!"

검은 옷을 입은 여인이 먼저 인사를 했다.

짝짝짝……

박수가 터졌다.

"무문의 자하도영입니다!"

붉은 옷의 여인이 인사를 했다.

짝짝짝……

역시 박수가 터졌다.

"농업문의 심보경님은 농업문 문주님의 둘째 딸로서 강력한 무기 기술을 소유한 무서운 여인입니다! 반면 무문의 자하도영님은 가장 유력한 우승 후보로서 무문의 부문주님입니다!"

장내 아나운서가 소개를 끝냈다.

땡.

시작 종소리가 울렸다.

시작과 동시에 심보경의 강력한 장풍이 자하도영을 향해 일직선으로 쏘아갔다.

자하도영도 한 손으로 파리 쫓듯 휘저으며 장풍으로 맞받아쳤다.

펑.

요란한 타격음과 함께 자하도영이 주르륵 밀려났다.

자하도영은 밀려나는 동시에 공중으로 붕 떠오르며 손가락을 쫙 펼쳤다.

자하도영의 손가락은 파랗게 변했다.

"헉! 청살지……!"

누군가 놀라 소리쳤다.

"청살지 비슷해도 청살지는 아니에요!"

자하도영이 배시시 웃으며 말했다.

자하도영 손가락에서 파란빛이 5가닥이 심보경을 향해 쏜살같이 날아갔다.

픽. 픽. 픽.

"크윽……!"

심보경이 입으로 피를 흘리며 비틀비틀 물러나더니 털썩 주저앉았다.

"자하도영님의 승리입니다!"

장내 아나운서가 말했다.

"다음은 비밀문단의 이수철님과 의문의 정영미님의 대련이 시작되겠습니다. 두 분은 연무장으로 나오시길 바랍니다!"

아나운서 말이 끝나자 장내는 함성이 터졌다.

"와아!"

함성을 터뜨린 사람은 겨우 몇 명 안 됐다. 모두 의문에서 응원 온 사람들이었다.

"정영미라 합니다!"

영미가 먼저 연무장에 올라서서 인사를 했다.

"와아! 이모 이겨라!"

자하경은이 큰 소리로 외쳤다.

"비밀단의 이수철입니다!"

40대 남자가 연무장에 올라와서 인사를 했다.

짝짝짝……

박수가 터졌다.

"이수철님은 비밀단의 최강 고수입니다. 반면 정영미님은 현재 의문의 문주님이십니다!"

장내 아나운서 소개가 끝났다.

땡.

시작 종소리가 울렸다.

이수철은 모든 공격을 다양하게 하며 영미를 몰아붙였다.

영미는 의외로 공격은 안 하고 여유롭게 뒷짐을 지고 슬슬 빠져나가기만 했다.

"지금까지 정영미님은 저렇게 상대 공격을 보고 그 무공으로 상대를 제압하는 천재적인 재능을 보여 왔습니다!"

장내 아나운서가 설명을 했다.

장내는 웅성웅성거렸다.

"세상에 그런 천재가 어디 있어!"

모두 한목소리로 못 믿겠다는 말투였다.

3여 분 동안 피하기만 하던 영미가 이수철이 방금 공격하던 자세와 수법으로 이수철을 공격하기 시작했다.

그러나 그 빠름이란 이루 말할 수 없었다.

이수철이 보여준 공격의 열 배는 빨랐다.

퍽. 퍽. 퍽……

연신 얻어맞던 이수철은 무릎을 꿇고 말았다.

"졌습니다!"

이수철이 말했다.

입에는 피를 흘리고 있었다.

"양보해주서서 감사합니다!"

영미가 이수철을 향해 손을 내밀었다.

"와아……."

장내엔 함성이 터졌다.

상대의 공격을 보고 그대로 배워서 공격하는 수법이 오히려 상내보다 열 배는 빠르고 강하다는데 놀라서 함성을 지른 것이다.

"정영미님 승리입니다!"

장내 아나운서가 말했다.

"다음은 무문의 최강 도전자 자율선과 상인문의 벽화이도의 대련이 시작되겠습니다. 두 분은 연무장으로 나오시길 바랍니다!"

장내 아나운서가 말했다.

자율선.

영미와 같이 자암옥에 떨어졌지만 이지함의 천국성 최고의 경공을 배운 후 혼자 자암옥을 탈출하고 영미가 나오지 못하게 입구를 막아버린 장본인.

그는 무문에 가입하여 무문 최강 고수로 성장해있었다.

"무문의 자율선입니다!"

자율선이 인사를 했다.

"상인문에 벽화이도입니다!"

이제 겨우 15살 정도 되었을까 영미 또래의 귀엽게 생긴 남자아이였다.

영미는 자율선과 결승에서 만날 것을 생각하며 자율선을 유심히 살피기 시작하였다.

그러나.

자율선과 영미의 대결은 이루어지지 않았다.

모든 사람의 예상을 깨고 자율선의 빠른 경공도 소용없이 순식간에 벽화이도의 승리로 끝났다.

"예상보다 강하다."

영미는 벽화이도를 보고 그렇게 느꼈다.

자율선은 고개를 푹 숙이고 재빨리 사라졌다.

"다음은 독문의 심은지님과 농업문의 자율진영님이 대련을 하겠습니다! 두 분께선 연무장으로 나오시길 바랍니다!"

장내 아나운서의 말이 끝나고 파란 옷을 입은 17세 정도 되는 귀여운 소녀와 50대 남자가 나왔다.

"독문의 심은지입니다!"

파란옷의 17세 정도 소녀가 인사를 했다.

"독문이라…… 흠……! 흥미롭네!"

영미가 두 눈에 반짝, 이채를 띠고 심은지를 유심히 살피고 있었다.

둘의 대결은 독문의 심은지가 승리를 하였다.

무술대회는 오후 늦은 시간이 돼서야 결승전을 치르게 됐다.

영미가 결승전에 올라 벽화이도와 대결을 하게 되었다.

벽화이도는 종소리와 동시에 가장 바른 공격을 시도하는 특기가 있었다.

그런 벽화이도를 유심히 살핀 영미는 아직까지 자신의 무공은 전혀 사용하지 않았으므로 결승전에서도 벽화이도가 지금까지 사용한 무공을 유심히 살폈기 때문에 벽화이도의 무공을 사용할까 생각 했으나

벽화이도가 결승전에선 아직까지 사용하지 않은 가장 강력한 무공을 사용할 것을 대비해서 다른 작전을 생각했다.

땡.

종소리가 울렸다.

벽화이도는 지금까지 대결하던 것과 달리 가장 빠른 공격을 했다.

그런데,

영미가 사라졌다.

벽화이도는 영미를 찾느라고 이리저리 두리번거렸다.

탁. 탁. 탁……

작은 타격 음이 들리고.

벽화이도가 마치 로봇이 배터리가 나가듯 서서히 멈춰 섰다.

우와……

함성이 들리고

공중에서 영미가 서서히 하강을 하였다.

벽화이도는 전혀 움직일 수가 없었다.

그렇게 강한 벽화이도였지만 영미 상대는 아니었다.

"최종 우승자는 의문의 문주 정영미님입니다!"

장내 아나운서의 안내가 들리고 장내는 함성으로 가득 찼다.

영미는 벽화이도 혈을 풀어줬다.

"감축드립니다!"

벽화이도가 영미에게 축하 인사를 했다.

"감사합니다!"

영미가 답례를 했다.

"최종 우승을 하신 정영미님께 전임 무문 문주님께서 무문 문주에게만 전해지는 무기 기술 비급을 바로 3분간 보여 드리겠습니다!"

장내 아나운서가 안내 방송을 하고 머리가 하얀 노인이 연무장으로 걸어 나왔다.

손에는 책 한 권이 들려 있었다.

"우승을 한 것을 축하하네! 명심하시게! 무기 기술 비급을 보는 시간은 3분뿐이라는 것을……!"

전임 무문 문주가 영미에게 책을 넘겨줬다.

"감사합니다!"

영미는 책을 받고 고개를 숙여 인사를 했다.

"자……! 그럼 시작하겠네! 보시게!"

무문 문주가 손목시계를 보며 말했다.

"네!"

영미는 대답을 하고 책을 펼쳐서 마치 책장이 몇 장인가 확인하듯 빠르게 넘겼다.

"다 봤습니다!"

영미는 무문 전임 문주에게 무기 기술비급을 넘겨줬다.

"1분도 안 됐는데? 벌써 말인가?"

전임 문주는 믿을 수 없다는 듯이 물었다.

"외워드릴까요? 아니면 무술을 펼쳐 보일까요?"

영미가 미소를 지으며 말했다.

"오……! 그렇다면 무술을 펼쳐 보이시게! 아…… 아니! 나와 대련을 하면서 펼쳐 보이시게!"

전임 무문 문주가 영미를 시험하고 싶은 모양이다.

영미와 전임 문주가 연무장에서 대련을 시작했다.

전임 문주가 공격하면 거기에 맞는 무술로 방어를 하고 다시 영미가 공격하면 전임 문주가 방어하는 방식으로 대련이 진행되었다.

30여 분.

시간이 흐르고.

"허허……! 대단하네! 자넨 정말 천재네! 대련에서도 내가졌네!"

전임 문주가 대련을 마치고 영미를 칭찬했다.

"감사합니다!"

영미는 공손하게 고개를 숙여 인사를 했다.

"부탁이 있는데 들어 주겠는가?"

갑자기 전임 문주가 영미에게 부탁이 있단다.

"네! 말씀하십시오!"

영미는 소매를 걷고 팔을 내밀며 생글생글 웃었다.

"허허……! 이미 내 부탁이란 것을 눈치 채고 있었군그래!"

전임 문주가 영미를 신기한 듯 바라보다가 얼른 두 손으로 영미 손을 움켜잡았다.

영미 체력을 보려는 것이다.

"헉! 천 년 이상의 체력이라니!"

전임 문주가 소스라치게 놀라 소리쳤다.

우우……

천…… 년…… 체…… 력……

장내는 갑자기 소란스럽기 시작했다.

영미의 체력에 대하여 모두 놀라서 한마디씩 하기 때문이다.

"이건 작은 선물이네! 별로 도움도 안 되겠지만!"

갑자기 영미 손목을 잡은 전임 문주로부터 뜨거운 기운이 밀려왔다.

"헉! 왜……!"

영미는 갑작스러운 일에 당황했으나, 곧 전임 문주 체력을 순순히 받아들였다.

"체력이란 것이 100년도 안 돼서 자네한텐 별 도움은 안 되겠지만 내 성의네!"

전임 문주가 체력을 영미에게 다 주고 힘들어하면서도 영미 손바닥을 두 손으로 부드럽게 만지고 비비며 말했다.

"아닙니다! 정말 고맙습니다!"

영미는 다시 고개를 숙여 인사를 했다.

"이제부터 자네가 천국성 무문의 문주네! 자 문주 패를 받게!"

전임 문주는 황금으로 된 손바닥 반 정도 크기의 사각 문주 패를 영미에게 줬다.

영미는 두 손으로 공손히 문주 패를 받아 들고 두 손을 높이 치켜 들었다.

"와……! 새로운 무문 문주님 만세!"

함성과 함께 요란한 박수가 터져 나왔다.

자하경은이 준비한 꽃다발을 들고 영미에게 달려왔다.

벽화이도 역시 꽃다발을 들고 영미를 축하해줬다.

그런데,

독문의 심은지가 영미 앞에 무릎을 꿇고 엎드려 절을 올리는 것이 아닌가.

"이게 무슨?"

영미가 영문을 몰라 어리둥절했다.

"독문의 제자 심은지가 독문의 문주님을 뵈옵니다!"

심은지가 절을 마치고 일어서서 고개를 숙이며 말했다.

"킥킥…… 벽화이도와 결승전 대련 때 사용한 무술을 봤구나?"

영미가 생글생글 웃으며 물었다.

"네! 독문의 문주님만 사용하는 무술로 알고 있습니다! 문주 패를 보여주실 수 있으십니까?"

심은지가 공손히 서서 말했다.

영미는 품속에서 독신 이지예가 준 문주 패를 꺼내 보여줬다.

털썩.

심은지는 다시 무릎을 꿇었다.

"일어나라!"

영미가 말했다.

"네!"

심은지가 천천히 일어섰다.

"며칠 내로 독문을 방문하겠다! 가서 기다리도록!"

영미가 말했다.

"명 받습니다!"

심은지는 대답과 동시에 연기처럼 사라졌다.

"이모!"

자하경은이 영미를 불렀다.

"……?"

영미는 왜 그러냐고 묻는 표정을 지었다.

"이모는 3개 문파 문주 자리를 어떻게 다 관리할지 걱정이네! 헤헤……."

자하경은이 호들갑을 떨며 웃었다.

"독문은 네가 맡아라!"

영미가 자하경은에게 말했다.

"엥? 내가?"

자하경은이 영미가 장난한다고 생각해서 배시시 웃었다.

영미는 그냥 생글생글 웃기만 했다.

"새로운 무문 문주님 취임식은 3일 후 본 회의실에서 거행될 것입니다! 무문 문주를 선출하는 무공 대회를 마치겠습니다!"

장내 아나운서가 폐회를 선언했다.

장내 귀빈들은 하나씩 일어서서 현관으로 나가며 영미에게 축하 인사를 했다.

영미는 현관에 서서 일일이 축하 인사를 받고 있었다.

자하경은은 그렇다 치고 벽화이도가 영미 곁에서 끝까지 같이 있었다. 벽화이도의 눈은 사랑에 흠뻑 빠진 그런 눈이었다.

〈5권으로〉